En la cama con un extraño

India Grey

Editado por HARLEQUIN IBÉRICA, S.A.
Núñez de Balboa, 56
28001 Madrid

I.S.B.N.: 978-84-9010-855-0
Depósito legal: B-4987-2012
Editor responsable: Luis Pugni
Fotomecánica: M.T. Color & Diseño, S.L. Las Rozas (Madrid)
Impresión en Black print CPI (Barcelona)
Fecha impresion para Argentina: 8.10.12
Distribuidor exclusivo para España: LOGISTA
Distribuidor para México: CODIPLYRSA
Distribuidores para Argentina: interior, BERTRAN, S.A.C. Vélez
Sársfield, 1950. Cap. Fed./ Buenos Aires y Gran Buenos Aires,
VACCARO SÁNCHEZ y Cía, S.A.
Distribuidor para Chile: DISTRIBUIDORA ALFA, S.A.

Prólogo

Londres, marzo

Era solo un pequeño artículo en uno de los periódicos del domingo. Mientras comía un panecillo con mermelada de frambuesa sentada sobre las sábanas arrugadas de la cama en la que llevaba viviendo las tres últimas semanas, Sophie dio un grito.

–¡Escucha esto! «Inesperado cambio en la herencia de los Fitzroy. Después del reciente fallecimiento de Ralph Fitzroy, octavo conde de Hawksworth y dueño del castillo de Alnburgh, se ha revelado que el heredero no va a ser su primogénito, el comandante Kit Fitzroy. Fuentes cercanas a la familia han confirmado que la finca, que incluye el castillo de Northumberland así como las propiedades inmobiliarias que el conde poseía en Chelsea, va a pasar a manos de Jasper Fitzroy, el hijo más joven de este, de su segundo matrimonio».

Sophie se metió el último bocado de panecillo en la boca y continuó leyendo:

–«El comandante Fitzroy, miembro de las fuerzas armadas, ha recibido recientemente la Cruz de San Jorge como premio a su valentía. No obstante, es probable que le faltase valor a la hora de ocuparse de Alnburgh. Según los vecinos, durante los últimos años se ha descuidado mucho el mantenimiento de la finca, lo que deja a su siguiente dueño con una enorme carga financiera. A pesar de que se rumorea que Kit Fitzroy tiene un importante patrimonio personal, tal vez no quiera emplearlo en esta misión de rescate en concreto».

Dejó a un lado el periódico y, mientras se chupaba la mermelada de los dedos, miró a Kit de reojo.

–¿Un importante patrimonio personal? –dijo mientras se metía debajo de las sábanas y le daba un beso en el hombro–. Me gusta cómo suena.

Kit, todavía somnoliento, arqueó una ceja.

–Lo sabía –comentó suspirando y mirándola a los ojos–. No eres más que otra cínica y superficial cazafortunas.

–Tienes razón –le dijo Sophie, asintiendo muy seria y apretando los labios para evitar sonreír–. Si te soy sincera, es cierto que solo me interesa tu dinero, y la impresionante casa que posees en Chelsea. Por eso decidí soportar tu aburrida personalidad y tu mediocre imagen. Por no mencionar tu decepcionante faceta como amante...

Y luego dio un grito ahogado al notar que él le metía la mano entre los muslos.

–Perdona, ¿decías algo?

–Decía... que solo me interesa tu... dinero –le contestó ella mientras notaba cómo Kit iba subiendo la mano–. Siempre he querido ser el juguete de un hombre rico.

Él se apoyó en un codo para verla mejor. Tenía la melena extendida sobre la almohada, de un tono pelirrojo más suave que cuando la había visto por primera vez en el tren, e iba sin maquillar. Estaba más guapa que nunca.

–¿No querrás decir la esposa de un hombre rico? –le preguntó, inclinándose a darle un beso en el escote.

–Ah, no. Si hablamos de matrimonio, querría un título además de dinero –contestó Sophie con voz ronca–. Y una finca inmensa...

Él sonrió, se tomó su tiempo, aspiró el olor de su piel.

–Me alegra saberlo. Dado que ni tengo títulos ni fincas, no me molestaré en pedirte que te cases conmigo.

Notó que se ponía tensa y que daba un pequeño grito de sorpresa.

–Bueno, tal vez pudiésemos negociarlo –le dijo Sophie casi sin aliento–. Y yo diría que en estos momentos estás en una buena posición para hacerlo...

–Sophie Greenham –respondió Kit muy serio–, Te amo porque eres bella, lista, sincera y leal...

–Con halagos llegarás muy lejos –comentó ella suspirando y cerrando los ojos al notar su mano en el sexo–. Y con eso probablemente consigas el resto...

A Kit se le encogió el pecho al mirarla.

–Te quiero porque piensas que es mejor invertir en lencería que en ropa, y porque eres valiente, divertida y sexy, y me preguntaba si querrías casarte conmigo.

Sophie abrió los ojos y lo miró. Su sonrisa fue de felicidad. Fue como ver un amanecer.

–Sí –susurró, mirándolo con los ojos brillantes–. Sí, por favor.

–Creo que es justo que sepas que he sido desheredado por mi familia...

Ella tomó su rostro con ambas manos.

–Formaremos nuestra propia familia.

Kit frunció el ceño y le apartó un mechón de pelo de la mejilla, de repente, tenía un nudo en la garganta y casi no podía hablar.

–No puedo ofrecerte ni título, ni castillo, ni tierras.

Ella se echó a reír y lo abrazó.

–Créeme, no podría ser de ninguna otra manera...

Capítulo 1

Cinco meses después.
Base militar británica, campo de operaciones.
Jueves, 6.15h.

El sol se estaba elevando, tiñendo el cielo de rosa y la arena de dorado. Kit se frotó los ojos llenos de arena, agotados, observó el desierto y se preguntó si seguiría vivo al atardecer.

Había dormido una hora, como mucho dos, y había soñado con Sophie. Al despertarse en la oscuridad, su cuerpo estaba tenso de deseo frustrado, su mente había empezado a dar vueltas, y todavía había sido capaz de recordar el olor de su piel.

Casi habría preferido sufrir insomnio.

Cinco meses. Veintidós semanas. Ciento cincuenta y cuatro días. Debía haber dejado de tener ansias de ella, pero, muy al contrario, el anhelo era cada día más intenso, más imposible de ignorar. No la había llamado por teléfono, ni siquiera aunque las ganas de oír su voz le hubiesen quemado por dentro, ya que sabía que eso solo habría servido para avivar más el fuego. Y que nada de lo que pudiese decirle, estando a seis mil kilómetros de distancia, sería suficiente.

Solo un día más.

En veinticuatro horas estaría saliendo de allí. Volviendo a casa. Entre los hombres de su unidad reinaba una especie de emoción contenida, una mezcla de alivio y euforia que llevaba toda la semana creciendo.

Era un sentimiento que Kit no compartía.

Llevaba mucho tiempo trabajando en la desactivación de explosivos. Siempre había pensado que era un trabajo más; un trabajo sucio, incómodo, retador, agotador, adictivo y necesario. Pero eso había sido cuando había pensado en vez de sentir. Cuando sus emociones habían estado sanas y salvas, enterradas en algún lugar tan profundo que ni siquiera sabía que existían.

En esos momentos, todo era diferente. No era quien había pensado que era gracias a las mentiras que el hombre al que había llamado «padre» le había contado durante toda su vida, pero, además, amar a Sophie había hecho que se abriese y revelase partes de él que no había sabido que existían. Así que en esos momentos aquel trabajo le parecía todavía más sucio, tenía más cosas en juego y las posibilidades eran menos. Muchas menos.

Un día más. ¿Le duraría la suerte un día más?

—Comandante Fitzroy. Café, señor. Estamos casi preparados para salir de aquí.

Kit se giró. Sapper Lewis acababa de salir de la tienda que servía de comedor y avanzaba hacia él, derramando el café por el camino. Era un muchacho de diecinueve años lleno de vida que hacía sentirse a Kit como un viejo. Tomó la taza e hizo una mueca después de beber.

–Gracias, Lewis. Hay hombres que tienen curvilíneas secretarias que les llevan el café por la mañana. Yo te tengo a ti, que me traes algo que sabe a agua sucia.

Lewis sonrió.

–Me echará de menos cuando volvamos a casa.

–Sinceramente, lo dudo –le contestó Kit dando otro sorbo antes de tirar el resto del líquido al suelo y alejarse.

Vio ponerse serio a Lewis por primera vez.

–Por suerte, serás mucho mejor soldado de infantería que barman –le dijo por encima del hombro–. Tenlo en mente cuando volvamos a casa.

–¡Sí, señor! –le respondió Lewis, corriendo detrás de él–. Y quería decirle que ha sido estupendo trabajar con usted, señor. He aprendido un montón. Antes de este viaje no estaba seguro de querer quedarme en el ejército, pero al verlo trabajar he decidido que quiero dedicarme a desactivar explosivos.

Kit dejó de andar. Se frotó la mandíbula y se giró.

–¿Tienes novia, Sapper?

Lewis cambió el peso de su cuerpo de un pie a otro, su gesto era una mezcla de orgullo y vergüenza. Tragó saliva.

–Sí. Kelly. Vamos a tener un bebé dentro de dos meses. Y voy a pedirle que se case conmigo.

Kit frunció el ceño y miró hacia el horizonte.

–¿La quieres?

–Sí, señor –respondió el chico cuadrándose–. No hace mucho que salimos juntos, pero... sí. La quiero.

–Entonces, te voy a dar un consejo. Mejor aprende a preparar un café decente y busca un empleo en Starbucks, porque el amor y la desactivación de explosivos no son compatibles –le advirtió, devolviéndole la taza–. Ahora, vamos a salir de aquí y vamos a hacer lo que tenemos que hacer para poder volver a casa.

–Lo siento, llego tarde.

Sonriendo de oreja a oreja, sin mostrar ni el más mínimo arrepentimiento, e intentando no tirarle a nadie la cerveza con las bolsas, Sophie se dejó caer en el sillón que había enfrente del de Jasper, frente a una pequeña mesa de metal.

Él miró las bolsas y arqueó las cejas.

–Veo que te has parado a hacer algunas compras... –comentó, al ver que una de las bolsas era de una tienda erótica que había en Covent Garden–. Kit se va a llevar toda una sorpresa al volver a casa.

Ella metió las bolsas debajo de la mesa, dejó el ramo de flores que acababa de comprar a su lado e intentó no sonreír como una tonta.

–Me acabo de gastar una indecente cantidad de dinero –admitió, tomando la carta y colocándose las gafas de sol en la cabeza para leerla.

Jasper había elegido una mesa a la sombra, debajo de un toldo de color rojizo, que hacía que pareciese que su tez pálida tenía algo más de color. Era tan distinto de Kit que era increíble que ambos hubiesen creído que eran hermanos durante tanto tiempo.

–En algún objeto indecente, a juzgar por la tienda en la que lo has comprado –replicó Jasper, intentando mirar dentro de la bolsa.

–Es solo un camisón –le dijo ella, con la esperanza de que no sacase la pequeña prenda de seda plateada delante del restaurante más concurrido de Covent Garden–. Lo he visto y como acaban de pagarme la película de vampiros, y Kit vuelve a casa mañana... Aunque la verdad es que era demasiado caro.

–No seas tonta. Los días de comprar ropa de segunda mano y de buscar la comida más barata del supermercado se han terminado, querida –dijo Jasper, buscando al camarero con la mirada–. Solo faltan unas horas para que Kit vuelva a casa y te conviertas en su prometida a tiempo completo. ¿Tienes planeada alguna fiesta salvaje?

–Eso lo reservo para cuando él llegue, en unas... –Sophie se miró el reloj– veintiocho horas. Veamos... allí son cinco horas más, así que en estos momentos debe de estar terminando su último turno.

Jasper debió de darse cuenta de que estaba nerviosa, porque le tocó la mano.

–No lo pienses –le dijo con firmeza–. Lo has hecho estupendamente. Yo me hubiese vuelto loco de la preocupación si hubiese sido Sergio quien hubiese estado allí, lidiando con la muerte todos los días. Eres muy valiente.

–Nada que ver con Kit –respondió ella, con la garganta seca de repente.

Intentó imaginárselo en esos momentos, sudoroso, sucio, agotado. Llevaba cinco meses al frente de un batallón, pensando en sus hombres antes de pensar en sí mismo. Sophie quería que volviese a casa para cuidarlo.

Entre otras cosas.

–¿Soph?

–¿Qué? Ah, lo siento –dijo al darse cuenta de que el camarero estaba esperando a que pidiese.

Se decidió por una ensalada y el camarero se marchó balanceando las caderas entre las mesas.

–Kit está acostumbrado –comentó Jasper en tono ausente, con la vista clavada en él–. Lleva años haciéndolo. Por cierto, ¿cómo está?

–Parece que está bien, ya sabes –mintió Sophie–, pero quiero que me hables de ti. ¿Ya estáis Sergio y tú preparados para mudaros?

Jasper apoyó la espalda en su sillón y se pasó las manos por el rostro.

–Hemos empezado a empaquetar cosas y, créeme, nunca había estado tan preparado para algo. Después de todo lo ocurrido durante los últimos seis meses: la muerte de papá, la sorpresa de que fuese yo quien heredase Alnburgh y no Kit... Estoy deseando subirme al avión y dejar todo atrás. Tengo planeado pasarme tres meses tumbado en el bordillo de la piscina, bebiendo cócteles mientras Sergio trabaja.

–Si no te conociese, pensaría que querías darme envidia.

–Pues sí, eso quería –respondió Jasper sonriendo–. ¿Lo he conseguido?

–No –respondió ella, mientras el camarero le dejaba delante un gin-tonic–. Lo de la piscina y los cócteles suena muy bien, pero, sinceramente, por primera vez en mi vida solo quiero estar aquí. Bueno, aquí, no. Quiero decir en casa, con Kit.

Jasper la miró con los ojos entrecerrados.

–¿No te habrán abducidos los marcianos? Aunque debería de haber una explicación más lógica para semejante cambio. Has pasado de ser una chica a la que le asustaba tanto el compromiso que ni siquiera tenía contrato de teléfono, a ser una mujer que solo desea... lavar y tender la ropa, o algo parecido. No sé que ha podido ser...

–El amor –le dijo Sophie sonriendo–. Y, tal vez, que me he pasado toda la vida yendo de un lado a otro y por eso ahora quiero quedarme quieta. Quiero un hogar.

–Bueno, pues la casa de Kit en Chelsea será un buen comienzo –comentó Jasper, extendiendo paté en una tostada–. En cualquier caso, es mejor que Alnburgh. Te has librado de milagro.

–Es verdad. Entonces, ¿os mudaréis allí cuando volváis de Los Ángeles?

Jasper hizo una mueca.

–Claro que no. No me imagino a Sergio buscando foie gras por el pueblo y preguntando si tienen el último número de la revista *Empire*.

Sophie dio un trago a su copa y sonrió. Jasper tenía razón; Sergio había ido a Alnburgh para el funeral de Ralph y había estado completamente fuera de lugar.

–Entonces, ¿qué vais a hacer con la finca?

Aquel lugar le interesaba mucho más desde que sabía que no iba a tener que ir a vivir entre sus fríos muros de piedra.

–No lo sé –le contestó él suspirando–. La situación jurídica es incomprensible y la económica, todavía peor. Es todo un caos. Aún no he perdonado a papá por haber lanzado semejante bomba en su testamento. El hecho de que Kit no fuese su hijo natural es solo un detalle técnico, ya que creció en Alnburgh y se ha hecho cargo de la finca casi él solo durante los últimos quince años. Imagino que si a mí me ha molestado cómo se han hecho las cosas, a él le ha debido de sentar todavía peor. ¿Te ha mencionado algo en sus cartas?

Sophie negó con la cabeza sin mirarlo a los ojos.

–No, no me ha dicho nada.

Lo cierto era que casi no le había contado nada. Antes de marcharse, le había dicho que las llamadas de teléfono eran frustrantes y que era mejor evitarlas, así que Sophie no había esperado que la llamase, aunque no había podido evitar sentirse decepcionada al ver que no lo había hecho. Ella le había escrito varias veces por semana, cartas largas, llenas de noticias y de anécdotas tontas y le había dicho lo mucho que lo echaba de menos. Las respuestas de Kit, por su parte, habían sido escasas, breves e impersonales, y la habían hecho sentirse todavía más sola que si no le hubiese escrito.

–Solo espero que no me odie demasiado –añadió Jasper con tristeza–. Alnburgh lo era todo para él.

–No seas tonto. No es culpa tuya que la madre de Kit se fuese con otro cuando este era solo un niño, ¿no? Y, de todos modos, eso es ya parte del pasado y, como diría mi madre, todo lo que ocurre tiene un motivo. Si Kit fuese el heredero, yo no podría casarme con él. Necesitaría una esposa con cara de caballo y su propia herencia, y tendrían que tener un hijo en un plazo máximo de tres años. Yo no puedo darle nada de eso.

–Bueno, te acercas más que Sergio. Al menos, podrías darle un heredero.

–No estés tan seguro.

A Sophie le temblaron la voz y la sonrisa y se llevó una mano a la boca. Al otro lado de la mesa, Jasper la miró horrorizado.

–¿Soph? ¿Qué ocurre?

Ella tomó su copa y le dio un trago. La ginebra estaba fría, amarga, rica. Le dio la sensación de que le aclaraba la cabeza, aunque no debió de ser más que una ilusión.

–Nada. Ya he ido al médico a contarle que mi periodo es un infierno mensual, eso es todo.

Jasper abrió mucho los ojos.

–¿Seguro que no es nada, Soph?

–No, nada serio. Lo que yo pensaba, una endometriosis. La buena noticia es que no voy a morirme de eso, pero la mala es que no tiene cura y que es posible que tenga problemas para quedarme embarazada.

–Oh, cielo. No tenía ni idea de que tener hijos fuese tan importante para ti.

–Ni yo, hasta que conocí a Kit –admitió ella, volviendo a bajarse las gafas de sol, como si necesitase esconderse detrás de algo–. Y hasta que me han confirmado que va a ser difícil que los tenga. Aunque el médico me ha dicho que no es imposible, solo que tal vez tarde más tiempo en quedarme embarazada y que cuanto antes lo intente, mejor.

Él alargó la mano para tomar la suya.

–¿Y cuándo vas a empezar a intentarlo?

Sophie volvió a mirar su teléfono y luego lo miró a él con una sonrisa en los labios.

–Dentro de veintisiete horas y media.

Su mano tembló ligeramente al acercarse con cuidado al reloj. Sentado en una silla de plástico de la sala de espera de la Unidad de Cuidados Intensivos, observándolo con ojos cansados, Kit pensó que no sobreviviría ni un minuto más.

No era una sensación nueva.

La tenía desde esa tarde, hora inglesa, cuando por fin había aterrizado el helicóptero médico de emergencia para llevarse al soldado Lewis a casa. Sedado y en estado de inconsciencia, con balas en la cabeza y en el pecho.

Kit enterró la cabeza entre las manos. Volvió a sentirse aturdido.

–¿Café, comandante Fitzroy?

Él se incorporó de nuevo. La enfermera que tenía delante llevaba un delantal de plástico azul y le sonreía con dulzura, ajena a la angustia que le acababa de causar su pregunta. Kit apartó la vista y apretó los dientes.

–No, gracias.

–¿Quiere algo para el dolor?

Kit se giró con los ojos entrecerrados. ¿Sabía la enfermera que él era el causante de que Lewis estuviese en la habitación de al lado, conectado a varias máquinas mientras su madre le agarraba la mano y lloraba en silencio y su novia, de la que él había hablado con tanto orgullo, mantenía los aterrados ojos apartados de la escena?

–Sé que le han visto la cara en el hospital de campaña, pero la medicación que le han dado ya ha debido de dejar de hacerle efecto –le dijo ella, mirándolo de manera compasiva–. Tal vez las heridas sean solo superficiales, pero también pueden ser muy dolorosas.

–Parecen más graves de lo que son –respondió él–, pero con un whisky sería suficiente para curarlas.

La enfermera sonrió.

–Me temo que eso no puedo dárselo aquí, pero puede marcharse a casa si quiere –le contestó, dirigiéndose hacia la puerta de la habitación de Lewis y deteniéndose con la mano en el pomo–. Ya está aquí su familia. Usted ha cuidado del chico durante cinco meses, comandante. Es hora de que cuide de usted mismo.

Kit pudo ver un instante la figura inerte que yacía en la cama antes de que la puerta volviese a cerrarse. Expiró con fuerza, se sentía culpable.

A casa.

Con Sophie.

Solo de pensar en ella estuvo a punto de perder el poco autocontrol que le quedaba. Volvió a mirarse el reloj y se dio cuenta de que, aunque llevaba horas mirándoselo, no tenía ni idea de qué hora era.

Casi las seis de la tarde y estaba a casi cuatrocientos cincuenta kilómetros de casa. Se puso en pie, de repente, necesitaba estar con ella. Necesitaba sentir su abrazo, perderse en su dulzura y olvidar...

Detrás de él se abrió una puerta que lo devolvió al presente. Kit se giró y vio a la novia de Lewis salir de la habitación. Tenía los hombros caídos y el vientre henchido desproporcionado en comparación con el resto de su cuerpo. Se dejó caer contra la pared, parecía muy joven.

—No nos dicen nada. Solo quiero saber si va a ponerse bien —dijo en tono desafiante, pero con miedo en la voz—. ¿Va a ponerse bien?

—Según el médico, ya ha pasado lo peor —le respondió Kit—. Si un soldado sobrevive al transporte aéreo, la probabilidad de que sobreviva es del noventa y siete por ciento.

La chica frunció el ceño.

—No me refiero a si va a sobrevivir, sino a si va a ponerse bien. Quiero decir, si va a volver a la normalidad. Porque si no es así, no creo que pueda soportarlo... —dijo, pero la voz se le quebró y volvió la cara—. Ni siquiera nos conocemos tanto. No llevábamos mucho tiempo juntos cuando ocurrió esto —añadió, señalándose el vientre—. No lo planeamos, pero, como dice mi madre, fue culpa mía. Y tengo

que aceptarlo. Pero ¿y esto? Si se queda... no sé...
herido, tendré que aceptarlo también, ¿no? Pero ¿de
quién es la culpa?

«Mía», quiso decirle Kit. «Toda mía».

¿Y qué derecho tenía él a olvidarlo?

Sophie abrió los ojos.

Se quedó inmóvil, mirando hacia la oscuridad de
aquella noche de verano, en alerta, escuchando a
ver si volvía a oír el sonido que la había despertado.

Tal vez no hubiese sido ni siquiera un sonido.
Tal vez hubiese sido solo una sensación. ¿O un
sueño? O un instinto...

Se sentó con el vello del cuello erizado y un
zumbido en los oídos, pero en el exterior solo se
oían los sonidos de todas las noches: el tráfico de
King's Road, una sirena a lo lejos, un coche apar-
cando en la esquina.

Y entonces oyó algo más cerca, dentro de la
casa. Un ruido sordo, como si hubiesen dejado caer
algo, seguido por los pasos de una persona subiendo
lentamente las escaleras.

Sophie se quedó helada.

Luego juró entre dientes, apartó las sábanas y fue
hacia los pies de la cama, buscando desesperada-
mente un arma y deseando tener a mano un bate de
béisbol o algo parecido. El corazón se le iba a salir
del pecho. No tenía nada a mano con lo que rechazar el ataque de un intruso, y entonces se dio cuenta
de que podía haberse metido debajo de la cama...

Vio una figura en la puerta. Ya era demasiado tarde para esconderse.

–No se mueva –espetó–. Tengo un arma.

El intruso dejó escapar algo parecido a un suspiro y dio un paso al frente.

–En el lugar del que vengo no llamamos a eso arma. Lo llamamos mando a distancia.

Era una voz ronca de cansancio, muy sexy y, sobre todo, conocida.

–¡Kit!

Fue una mezcla entre grito de júbilo y sollozo. En una décima de segundo, Sophie se había bajado de la cama y había corrido a sus brazos, abrazándolo con las piernas por la cintura, besándolo. Empezaron a formarse preguntas en su mente, pero volvieron a disolverse con la necesidad de sentirlo y tocarlo y seguir besándolo...

Kit la tumbó en la cama sin romper el hambriento beso.

Sophie enterró las manos en su pelo y se sintió fuerte. Kit olía a tierra y a antiséptico, pero por debajo de esos olores había otro que la volvía loca: su propio olor a cedro, que tanto había echado de menos.

–Pensé... –le dijo– que no volvías a casa... hasta mañana.

Él volvió a besarla.

–Pues ya estoy aquí –le contestó.

En esos momentos, los dos juntos en la cama, aquello era lo único que importaba.

Ella vio que le brillaban los ojos y eso la excitó todavía más. Se puso de rodillas y se quitó la camiseta, y Kit gimió en voz baja al ver que su cuerpo desnudo se acercaba a él.

–¿Estás bien? –le preguntó Sophie mientras le desabrochaba la camisa con dedos temblorosos.

–Sí –rugió Kit mientras se apartaba para sacarse la camisa de los pantalones y quitársela por la cabeza.

En ese momento le iluminó el rostro la luz que entraba por la calle a través de las cortinas y Sophie dio un grito ahogado.

–No, estás herido. Kit, tu cara...

Se puso en pie y alargó las manos hacia él para tomarle el rostro y acariciárselo con ternura.

Él se apartó.

–No es nada.

La abrazó por la cintura y volvió a besarla. Y Sophie sintió su pecho desnudo contra los de ella y eso borró toda su preocupación, solo pudo pensar en tenerlo dentro y en olvidar los últimos ciento cincuenta y cuatro días.

Notó sus manos calientes en la espalda, acariciándola con seguridad mientras ella intentaba desabrocharle el cinturón con manos temblorosas, impaciente por deshacerse de las últimas barreras que los separaban. Dio un pequeño grito triunfal cuando lo consiguió. Kit se quitó los pantalones a patadas y ambos volvieron a caer sobre la cama.

Nada salió como Sophie había planeado. No hubo champán, ni camisón de seda, ni seducción, ni conversación, solo piel, manos y un deseo tan grande que le daba la sensación de que la iba a partir por la mitad.

Ya tendrían tiempo para hablar. Después. Al día siguiente.

Aquel era el mejor modo de salvar los espacios, de decirle lo que quería que supiera, de llegar a él. Como la primera vez que habían hecho el amor, la noche que Kit se había enterado de que Ralph Fitzroy no era su padre. No había podido decirle nada porque había sido una situación demasiado importante, demasiado compleja, pero que había quedado en nada durante unos minutos frente a la llama de su pasión.

El cuerpo de Kit estaba tenso, sus hombros parecían de hormigón. Ambos estaban temblando, pero cuando la penetró, Sophie notó cómo empezaba a relajarse y se sintió bien. Lo abrazó por el cuello, apoyó la frente en la de él, notó su aliento, su piel, y estuvo a punto de llegar inmediatamente al clímax. Todo su cuerpo tembló, ardió, pero se contuvo, apretó los músculos alrededor de él.

Kit gimió y se sentó sin separarse de ella, que lo abrazó con las piernas por la cintura y notó cómo la invadía el placer. Se dejó llevar, arqueó la espalda para aumentar todavía más la presión y gimió.

Él esperó a que hubiese terminado antes de volver a empezar a moverse. Sophie enterró los dedos en su pelo y balanceó la pelvis hasta notar que se ponía tenso.

Volvieron a caer juntos en la cama. Sophie lo abrazó, miró hacia la oscuridad y sonrió.

Capítulo 2

KIT DESPERTÓ de repente, presa del pánico.

Tardó un par de segundos en darse cuenta de que era de día y de que estaba tumbado entre unas sábanas limpias y suaves. Sophie estaba a su lado, abrazada a él.

No estaba andando por un camino polvoriento ni tenía delante un puente con una bomba debajo, por lo que debía de haber tenido una pesadilla. Eso significaba que había dormido, todo un milagro después de ciento cincuenta y cuatro largas noches de insomnio.

Cambió de postura con cuidado para poder ver el rostro dormido de Sophie y estiró las piernas. Se le encogió el corazón. Era preciosa. El sol del verano había salpicado sus mejillas de pecas y le había dado un tono más cremoso. O tal vez hubiese sido lo ocurrido la noche anterior. Su erección matutina aumentó al recordarlo y bajó la vista a la boca de Sophie.

Tenía esbozada una ligera sonrisa.

Profundamente dormida, parecía tranquila y contenida, como si estuviese viajando por lugares maravillosos a los que él jamás podría seguirla, llenos de gente a la que no conocía. En sus sueños no había carreteras desiertas.

La luz que entraba por entre las cortinas hacía que brillase su hombro desnudo y creaba un halo alrededor de su pelo. Kit tomó un sedoso mechón y se lo enredó en el dedo, recordando una de las últimas veces en las que, tumbado a su lado, le había pedido que se casase con él.

Qué loco. Qué egoísta y qué estúpido.

Podría haberle ocurrido cualquier cosa. Pensó en la novia de Lewis y se le encogió el estómago. ¿Y si hubiese sido él en vez de Lewis? Antes de marcharse solo había estado tres semanas con Sophie. Tres semanas. ¿Cómo habría podido esperar que siguiese a su lado toda una vida cuando casi no la conocía?

Dejó caer el mechón de pelo sobre su hombro, pero dejó la mano donde la tenía y cerró el puño con fuerza.

Con mucha fuerza.

Pero no pudo evitar sentirse aturdido ni que su cabeza volviese a llevarlo a la polvorienta carretera, al horrible silencio, al modo en que habían temblado sus manos al cortar el cable.

Y a los disparos.

Se sentó y juró entre dientes. Se pasó una mano por el rostro y se hizo daño al tocar una de las heridas que tenía en la mejilla.

Estaba en casa, con Sophie. ¿Por qué se sentía

como si todavía estuviese en la guerra, y más lejos de ella que nunca?

Sophie se detuvo en la puerta de la cocina.

Kit estaba sentado a la mesa, con un café y el montón de cartas que habían llegado en su ausencia. Llevaba puestos unos pantalones vaqueros, pero no llevaba camisa y tenía el torso muy moreno. A Sophie se le encogió el estómago.

–Hola.

Había salido de la cama de un salto, se había lavado los dientes a toda velocidad y se había puesto crema hidratante con color en las mejillas antes de bajar corriendo las escaleras. Y lo único que se le ocurría decir era «hola». Y en un susurro.

Kit levantó la vista, la luz de la mañana iluminaba su rostro magullado. Parecía agotado, pero estaba muy guapo.

–Hola.

–Así que eres real –añadió Sophie, atravesando la cocina para llenar la tetera–. Pensé que lo había soñado. No sería la primera vez.

Se interrumpió antes de parecer una novia loca, obsesiva. Y luego le preguntó en tono de broma:

–¿Te han dejado venir un día antes por buen comportamiento?

–Por desgracia, no –respondió él, dejando la carta que había estado leyendo y pasándose una mano por el pelo, todavía húmedo de la ducha–.

Uno de mis hombres resultó gravemente herido ayer. Y me vine a casa con él.

–Oh, Kit, cómo lo siento –comentó Sophie sinceramente apenada–. ¿Cómo está?

–Mal –respondió en tono neutro, volviendo a bajar la vista.

Sophie le acarició la mejilla.

–¿Qué ocurrió? –le preguntó–. ¿Fue una explosión?

Él no respondió inmediatamente.

–Sí...

Kit frunció el ceño y, por un instante, Sophie pensó que iba a decir algo más, pero lo vio mirarla y sonreír con frialdad.

Ella tomó la silla que había a su lado y se sentó.

–¿Cómo de grave está?

–Es difícil de saber. Parece que va a sobrevivir, pero es demasiado pronto para saber cómo va a quedar –le contestó él, luego hizo una mueca–. Solo tiene diecinueve años.

–Es solo un niño –murmuró ella.

La tetera pitó y Sophie tomó su mano. Quería que se abriese a ella.

–Has hecho bien quedándote con él, seguro que lo ha ayudado, al chico y a su familia, saber que alguien lo estaba cuidando...

Kit se puso de pie bruscamente y Sophie tuvo que soltarle la mano.

–¿Café?

–Sí, por favor –respondió dolida, pero intentando que no se le notase–. Lo siento, pero solo hay soluble. Iba a ir a hacer la compra hoy, para cuando volvieras.

Pensó en todos los planes que había hecho para cuando Kit regresase a casa, la comida, el camisón de seda...

Pero la realidad estaba siendo algo distinta.

–¿Qué has estado comiendo? –preguntó él–. Quería prepararte el desayuno, pero los armarios están vacíos.

–Suelo comer cualquier cosa –contestó ella, levantándose–. Mira, hay pan... y crema de chocolate.

Kit se sintió culpable, aunque intentase ocultarlo, era evidente que Sophie estaba dolida. Había intentado llegar a él, hablarle como un ser humano normal, y él se había comportado como si hubiese hecho algo malo.

Sophie lo tenía sobrevalorado. En muchos aspectos.

La miró. Estaba poniendo pan a tostar, estaba despeinada y solo llevaba puesta una de sus camisas viejas, que debía de haber sacado de uno de sus cajones. Se le encogió el pecho de remordimiento y de deseo. No era lo suficientemente valiente como para romper todas sus ilusiones acerca de él, pero al menos intentaría compensarla por ser un cerdo insensible.

Le quitó el frasco de la mano y lo abrió. Miró en su interior y luego la miró a ella con una ceja arqueada.

–¿De verdad te comes esto?

Ella se encogió de hombros y sacó un cuchillo del cajón de los cubiertos.

–¿Qué otra cosa harías tú con ello?

–Me sorprende –empezó Kit muy serio, quitándole el cuchillo de la mano– que me hagas esa pregunta...

La miró de manera especulativa y empezó a desabrocharle los botones de la camisa. Notó cómo se estremecía y dejaba escapar una exclamación de sorpresa, pero la agarró por la cintura para sentarla en la encimera y vio que sus ojos verdes brillaban de excitación.

Muy despacio, Kit metió la punta del cuchillo en el frasco y la llenó de crema de chocolate, lo hizo girar y luego la miró a ella y le apartó la camisa para dejar un pecho al descubierto.

Tuvo que hacer un gran esfuerzo para que su expresión no delatase el deseo que estaba sintiendo. Le tembló un poco la mano al tomar con ella el pecho. A sus espaldas, el pan saltó del tostador y Sophie se sobresaltó. Kit le extendió el chocolate por la piel.

Separó los labios para probarla y pensó que el contraste entre el chocolate y su piel color vainilla era precioso, pero su mente se quedó en blanco cuando tomó el pezón cubierto de chocolate con la boca y notó cómo Sophie se ponía tensa.

Le limpió la crema con la lengua, pero el chocolate estaba demasiado dulce y tapaba el sabor de su piel, así que, sin levantar la cabeza, abrió el grifo que había detrás de Sophie, tomó agua con la mano y se la echó por el pecho, haciendo que ella abriese los ojos sorprendida al notar el agua fría corriendo por su piel.

–¡Kit, eres un...!

Él la besó antes de que pudiese terminar. La agarró del trasero y la acercó más a él, para apretarla contra su erección.

La amaba. Le encantaba que fuese tan franca, tan generosa. Le encantaba que pareciese comprenderlo tan bien, y que desease darle siempre lo que necesitaba. Kit no necesitaba palabras para expresar aquello, podía demostrarle lo que sentía.

Sophie lo estaba abrazando por el cuello y él la estaba levantando para llevarla hasta la mesa, donde podría hacerla suya con más facilidad cuando llamaron a la puerta.

Se detuvo, retrocedió y juró entre dientes.

–No contestes.

Era tentador, tan tentador, que Kit tuvo que hacer un esfuerzo para responderle:

–Tengo que ir. Es el desayuno. Lo he pedido cuando tú todavía estabas dormida, y dado que me han hecho un favor accediendo a traerlo a casa...

Sola en la cocina, Sophie se cerró la camisa y se bajó de la encimera. Las piernas le temblaron al ponerlas en el suelo. Oyó cómo hablaba Kit con alguien en la puerta y tomó el tarro de crema de chocolate, metió el dedo, cerró los ojos y se lo llevó a la boca.

–¿Aquí?

Oyó que las voces se acercaban y se sobresaltó, abrió los ojos y vio a una persona que le resultaba conocida, tal vez fuese un amigo de Jasper.

–Hola, tú debes de ser Sophie.

Sonriendo, el hombre dejó una caja de madera

llena de recipientes de aluminio en la mesa y le tendió la mano. Sophie le dio la suya y se sintió culpable al no conseguir saber de qué lo conocía.

Kit entró con una botella de champán en la mano.

–Gracias.

–De nada, es lo mínimo que podía hacer, después de que hayas estado cinco meses jugándote la
vida. Me alegro de ver que has vuelto de una pieza,
o casi.

–¿Qué tal va el restaurante? –preguntó Kit.

–Bien, gracias, aunque no puedo pasar en él
tanto tiempo como me gustaría, gracias a la tele.
Acabo de volver de grabar una serie nueva en Estados Unidos.

Y Sophie se dio cuenta horrorizada de por qué el
rostro de aquel hombre le resultaba tan familiar. Era
uno de los cocineros más conocidos del país.

Avergonzada, dejó el tarro de crema de chocolate en la encimera e intentó esconderse detrás de
un enorme jarrón de flores que había comprado en
Covent Garden. Por suerte, el famoso cocinero estaba ocupado charlando con Kit, aunque sí se giró
hacia ella para despedirse antes de marcharse.

–Me alegro de haberte conocido, Sophie. Dile a
Kit que te traiga al restaurante algún día.

Ella asintió, pero pensó que no iría jamás por
allí, teniendo en cuenta cómo la había visto aquel
hombre. En cuanto se hubo marchado, tomó una cuchara y empezó a comer chocolate.

–Tenías que haberme avisado –protestó cuando
Kit volvió.

–Lo siento, pero estaba un poco distraído.

–¿Es amigo tuyo?

–Depende de lo que consideres que es un amigo. Lo conozco bastante bien porque su restaurante está en la esquina y he ido muchas veces a lo largo de los años.

Sophie tomó otra cucharada de chocolate. Nadie iba solo a un restaurante. Se imaginó el tipo de mujer con el que lo habría visto el cocinero, y lo diferentes que debían de haber sido de ella.

–Deja eso –le dijo Kit–. He encargado bagels con salmón ahumado, pastelitos de arándanos, cruasanes rellenos de pasta de almendras, café de verdad... Ah, y esto, por supuesto –añadió levantando la botella de champán–. ¿Quieres tomarlo aquí o en la cama?

Sophie se derritió al oír aquello y sonrió.

–¿Qué prefieres tú?

Sophie anduvo despacio hacia casa de Kit, deslizando el dedo por las verjas de las elegantes casas por las que pasaba, con una bolsa llena de productos del supermercado ecológico que había en King's Road. Tenía la sensación de que tenía que recuperar algo de terreno, después del incidente del chocolate de esa mañana.

Eso le hizo pensar en el placentero dolor que tenía entre las piernas al andar, y no pudo evitar que su mente se echase a volar hacia la casa con la puerta negra que había en la esquina. Desde allí, parecía otra casa cara más, pero ella se estremeció al pensar que Kit estaba dentro.

Lo había dejado leyendo más cartas y se había sentido aliviada al tener una excusa para salir un rato. Habían desayunado y habían hecho el amor muy despacio, luego habían estado tumbados hasta por la tarde. Y habían vuelto a hacer el amor.

Había sido maravilloso. Más que maravilloso, completamente mágico. Entonces ¿por qué tenía la sensación de que habían utilizado el sexo como sustituto de la conversación?

Quería decirle tantas cosas, y había tantas otras que quería oír de él. Pensó en las píldoras que había tirado a la basura y se sintió culpable por no habérselo contado.

Se metió la mano en el bolsillo diciéndose que, antes de que Kit se marchase, también habían pasado muchos días en la cama, casi sin hablar. Así que aquello no era señal de que las cosas fuesen mal sino, tal vez, todo lo contrario.

Metió la llave en la cerradura y abrió la puerta.

La casa estaba en silencio, pero la atmósfera era distinta con Kit allí. Estaba cargada de una electricidad que la excitaba y la ponía nerviosa al mismo tiempo. Entró en la cocina y pensó en lo que le había dicho a Jasper, acerca de que quería un hogar.

Puso agua a calentar.

Aquel había sido su hogar durante los últimos cinco meses, pero con la vuelta de Kit, se sentía de repente como una invitada. Hasta las flores que había comprado con tanta ilusión le parecían fuera de lugar, tanto como su pan de molde barato en la panera de diseño de Kit, y su café instantáneo en las elegantes tazas.

Desanimada, puso el café de comercio justo, recién molido, en la cafetera, con la esperanza de, al menos, haber hecho eso bien. Tomó una bandeja, puso dos tazas en ella, una jarrita con leche, y después se preguntó si no se estaría esforzándose demasiado. Tras un momento de indecisión, quitó las tazas de la bandeja, sirvió el café y se fue directamente con ellas en la mano a buscar a Kit.

Estaba en el piso de arriba, en la habitación que utilizaba de despacho. Sophie dudó delante de la puerta, llamó.

–¿Sí?

–Te he preparado café.

–Gracias –dijo él en tono divertido–. ¿Y tengo que salir a recogerlo o vas a entrar tú?

–No quiero molestarte –murmuró Sophie, abriendo la puerta y entrando.

El escritorio estaba cubierto de montones de cartas y la papelera, llena de sobres. Sophie lo miró y sintió deseo y amor y también vergüenza.

–Umm... tienes razón –admitió Kit, pasando la mano por su pierna desnuda, por debajo del vestido de flores que Sophie llevaba puesto–. Me distraes.

Ella intentó contener el deseo. Se dio la vuelta y se apoyó en el escritorio para mirarlo por encima de la taza, decidida a comunicarse con él de una forma que, por una vez, no terminase en orgasmo.

–¿Algo interesante en todos esos papeles?

Él tomó también su café y se encogió de hombros.

–No mucho. Facturas e información sobre acciones. Y algo más de información sobre la finca de Alnburgh –dijo, dándole un trago a su café. Dudó un instante y luego tomó una de las cartas–. Y esto.

Sophie leyó las primeras líneas y frunció el ceño.

–¿Qué es?

–Una carta del bufete de abogados de Ralph en Hawksworth. Han recibido esta carta con instrucciones para mandármela a mí.

Sacó un papel doblado de un montón y lo dejó encima del escritorio, al lado de Sophie. Algo en la brusquedad de sus movimientos le hizo saber que era importante, a pesar de que su expresión seguía siendo inescrutable.

Sophie tomó el papel azul claro, grueso, con cautela y lo desdobló. La letra era uniforme y ondulada, era la letra de una persona acostumbrada a escribir cartas, en vez de enviar mensajes de texto o correos electrónicos. Empezó a leerla:

Mi querido Kit:

Sé que esta carta te sorprenderá y que, después de tanto tiempo, no será precisamente una sorpresa agradable. No obstante, debo dejar a un lado este temor y enfrentarme a algo a lo que debía haber hecho frente hace mucho tiempo.

A Sophie empezó a latirle el corazón con mucha fuerza. Miró a Kit con la boca abierta para decirle algo, pero él tenía la cabeza girada y estaba leyendo otra cosa, así que ella siguió leyendo.

Lo primero que quiero decirte es que lo siento, aunque no sea suficiente y aunque sea demasiado tarde, pero también quiero decirte muchas cosas más. Hay cosas que me gustaría explicarte por motivos egoístas, con la esperanza de que puedas entenderme, e incluso perdonarme, y otras cosas que tengo que contarte por tu propio interés. Cosas que van a afectarte ahora y que continuarán afectando a tu familia en un futuro.

Al leer aquello, Sophie notó cómo la adrenalina corría por su sangre. Continuó leyendo más deprisa, impaciente por darle un significado.

Lo último que querría es presionarte para que me respondas, así que, teniendo en cuenta que tienes mi dirección en esta carta y mi sincera invitación para que vengas a verme cuando quieras, te dejo que tomes tú la decisión.

No obstante, quiero que sepas lo mucho que significaría verte para mí.

Tu esperanzada madre,
Juliet Fitzroy

Sophie dejó la carta muy despacio, la cabeza le daba vueltas.

—Entonces ¿tu madre quiere que vayas a verla?

Kit tiró otro papel a la papelera.

–Eso parece, señor Holmes.

–¿Vas a ir? –le preguntó Sophie, doblando de nuevo la carta con dedos temblorosos–. Imlil –añadió extrañada, y luego continuó leyendo–: Blimey, ¿Marruecos?

–Exacto –le confirmó él, tirando otra carta a la papelera–. No está precisamente a la vuelta de la esquina, y no sé qué puede contarme que haga que merezca la pena el viaje.

Sophie se golpeó los labios con un dedo, pensativa. Marruecos. Calor y arena y... Lo cierto era que no sabía mucho de Marruecos, salvo que sonaba bien y que le gustaba como alternativa a Chelsea, y al agobiante ambiente que reinaba allí entre ellos, en aquella casa tan tranquila y elegante.

–Siempre he querido ir a Marruecos –comentó en tono soñador–. ¿Cómo terminó tu madre viviendo allí? ¿Y por qué ha decidido ponerse en contacto contigo después de tanto tiempo?

–Supongo que porque sabe que su secreto se ha desvelado con la muerte de Ralph –respondió Kit mientras escribía algo en la parte inferior de una carta del banco–. Tal vez quiera presentarme a mi padre de verdad, eso, si es que sabe quién es. Al parecer, podría haber miles de posibles candidatos.

Sophie se sintió aturdida de repente, al recordar una carta que había encontrado en un libro en la biblioteca de Alnburgh. Había sabido que no debía leerla, pero no había podido resistirse. En esos momentos, deseaba haber sido más fuerte, para no saber más de lo que deseaba acerca de la paternidad de Kit.

Se incorporó y fue hacia la estantería que había al otro lado de la habitación, dándole deliberadamente la espalda.

–No lo creo –le dijo, tomando aire y cerrando los ojos–. Seguro que lo sabe.

Se hizo una pausa. Delante de ella, en la estantería, entre libros de historia militar y de política de oriente medio, había una fotografía en la que aparecía un Kit a la que ella no conocía, entre un grupo de hombres vestidos con chaquetas de camuflaje delante de un tanque.

–¿Y tú cómo lo sabes?

Sophie se giró.

–¿Recuerdas aquel día en Alnburgh, cuando estaba... enferma? Me llevaste a la biblioteca mientras tú ibas a la tienda del pueblo.

–Lo recuerdo. ¿Y?

–Y eché un vistazo a los libros mientras te esperaba –le contó, acercándose–. Encontré unos libros de Georgette Heyer, mi autora favorita, así que lo saqué y lo abrí, y de él cayó una carta –dijo, mientras se miraba las manos–. Una carta de amor. Dedicada a «Mi querida Juliet».

Kit no la estaba mirando. Miraba hacia delante, por la ventana. Como no dijo nada, Sophie continuó con voz ronca, vacilante.

–Al principio di por hecho que era de Ralph y me sorprendió. Era muy romántica, tierna y apasionada y no me lo imaginaba escribiendo algo así.

–¿Y de quién era?

–No lo sé. No me dio tiempo a terminar de leerla

antes de que tú llegases –admitió, sin poder evitar alargar la mano para tocarle la mejilla–. Luego me olvidé del tema durante un tiempo. Y volví a mirarla después, pero no estaba firmada.

Kit se puso en pie y se alejó de ella un par de pasos.

–¿Y cómo sabes que no era de Ralph?

–Porque hablaba de ti –le respondió ella–. La carta debía de haber sido escrita cuando tú eras pequeño, y hablaba de lo duro que era dejarte allí, pensando que Ralph era tu padre.

–¿Y por qué no me lo habías contado antes? –preguntó Kit con frialdad.

Sophie tragó saliva.

–Porque por aquel entonces no era asunto mío. Supe de inmediato que no debía haberla leído y, seamos realistas, no nos conocíamos lo suficientemente bien como para dejar caer aquella información en medio de una conversación. Y después... no tuve la oportunidad.

Hizo una pausa y se humedeció los labios con nerviosismo mientras reunía el valor necesario para contarle lo que había estado pensando esa mañana.

–No sé, Kit, a veces pienso que ahora tampoco nos conocemos mucho mejor.

Se le hizo un nudo en el estómago mientras esperaba a que él respondiese. Kit seguía dándole la espalda, suspiró.

–Lo siento –le dijo, dándose la vuelta–, pero no lo entiendo, eso es todo. ¿Por qué no dejó a Ralph y se fue con él, fuese quien fuese, y me llevó a mí también?

Sophie se encogió de hombros.

–Tal vez sea eso lo que quiere explicarte –le dijo, acercándose y poniéndose de puntillas para darle un beso en los labios–. Vamos. Vamos a Marruecos a averiguarlo.

Capítulo 3

ASÍ PUES, con la clarividencia que la caracterizaba, Sophie tomó la decisión de que tenían que ir a ver a Juliet. Kit solo tuvo que organizar el viaje.

Si no hubiese sido por ella, habría tirado la carta a la papelera. Hacía mucho tiempo que había cerrado su corazón a la mujer que lo había abandonado cuando tenía seis años. Le había prometido que volvería y no lo había hecho. Después de aquello, Kit se había vuelto desconfiado y la única persona a la que había permitido acercarse a su corazón había sido Sophie.

–¿En primera? –murmuró Sophie en el aeropuerto de Londres–. Qué detalle que te hayas acordado de que solo viajo en primera.

Le brillaban los ojos y Kit supo que estaba recordando cómo se habían conocido, cuando Sophie se había sentado enfrente de él, sin tener billete, en un compartimento de primera en el tren que iba de Londres a Northumberland. Él se había pasado las cuatro horas de viaje intentando no mirarla, e intentando no pensar en tocarla.

La historia iba a repetirse en ese viaje. Se habían pasado la mañana en la cama y, a pesar de que Sophie solo había tenido una hora para hacer la maleta y prepararse, estaba preciosa con unos pantalones de lino anchos y una camiseta gris escotada.

–Me temo que, en esta ocasión, no –le contestó muy serio mientras una azafata con aspecto de Barbie se acercaba a ellos sonriendo de oreja a oreja–. ¿Comandante Fitzroy? Su avión les está esperando. Síganme, por favor.

Sophie salió a la pista y se quedó boquiabierta al ver el pequeño jet privado.

–Dios santo... –murmuró.

Y Kit no pudo evitar inclinarse y darle un beso en los labios.

–Comandante Fitzroy –lo saludó el piloto.

Kit levantó la cabeza despacio y le tendió la mano.

–Me alegro de verte Kit –añadió el otro hombre sonriendo–. Me gustaría poder decirte que tienes buen aspecto, pero...

Kit asintió y se llevó una mano a los cortes que tenía en la cara.

–Tu sinceridad supera con creces a tu encanto natural, McAllister –le dijo en tono seco.

El piloto se puso más serio.

–¿Acabas de volver de viaje?

–Hace dos días –le informó Kit, en tono neutro.

–Pues no te envidio –le dijo el otro hombre con mucho más sentimiento–. Las misiones son un infierno y volver a casa, casi peor.

Kit propició un cambio de conversación girándose hacia Sophie.

–Nick, te presento a Sophie Greenham. Sophie, Nick McAllister, un viejo amigo.

–Está exagerando –comentó Nick McAllister sonriendo mientras le daba la mano a Sophie–. Yo estaba muy por debajo del comandante Fitzroy como para poder ser su amigo. Estuvimos una temporada juntos en el ejército, hasta que yo decidí dejarlo para casarme y dedicarme a algo más tranquilo.

–¿Y lo echas de menos? –le preguntó Sophie, a la que le había caído bien Nick.

–Ni lo más mínimo, pero yo no tengo madera de héroe, como Kit. Dejarlo fue lo mejor que he hecho en mi vida, sobre todo, porque mi mujer me dijo que solo se casaría conmigo si lo hacía. Pronto nacerá nuestro segundo hijo.

Kit empezó a andar hacia el avión.

–En ese caso, será mejor que nos marchemos, no sea que dé a luz antes de que lleguemos a Marrakech.

Sophie no había visto nunca nada tan lujoso como la cabina de aquel avión, decorado en tonos crema y caramelo. Y la azafata los recibió con champán y fresas.

–Kit Fitzroy, eres un fanfarrón –le dijo Sophie, intentando no sonreír de oreja a oreja mientras la azafata desaparecía de nuevo detrás de las cortinas–. No me impresiona tu avión. Piensa en el impacto ecológico... ¿Cómo puedes vivir con ello?

–Años de práctica –le respondió él, dando un trago a la copa de champán, y poniéndose serio un instante–, he oído que la recesión está afectando al negocio y he decidido anteponer los ingresos de Nick al impacto ecológico.

–Hablas como un verdadero héroe –replicó ella, mirando a su alrededor–. Nick parece muy contento con la decisión que tomó. ¿Tú jamás considerarías...?

–¿Dejar mi carrera para casarme? –inquirió él en tono burlón–. ¿En esta época?

Sophie también dio un trago a su copa.

–Calla –le dijo, riendo–. Ya sabes a lo que me refiero.

Él volvió a ponerse serio y sus ojos plateados brillaron.

–Sí. Y sí –contestó sonriendo–. No quiero volver. La cuestión es si tú sigues queriendo casarte conmigo.

Y mientras sobrevolaban el mar infinito, a Sophie se le encogió el corazón. Aquella era exactamente el tipo de conversación que le había parecido imposible tener en Chelsea. Allí era distinto, podía ser ella misma.

–Por supuesto que sí. Quiero decir, si es lo que tú quieres.

Él dejó su copa y la miró a los ojos.

–Ven aquí –le dijo en voz baja.

Y ella se sentó de lado en su regazo.

–No necesito un trozo de papel ni nada por el estilo –comentó Sophie en voz baja–. Sé que cinco meses son mucho tiempo y que han pasado muchas cosas en él. Tal vez hayas tenido tiempo para pensar y hayas decidido que no es buena idea.

Kit respiró hondo, cerró los ojos y echó la cabeza hacia atrás. Aquello era justo lo que había decidido la mañana anterior, al despertarse a su lado y darse cuenta de que eran casi dos extraños. Sabía que lo que le había ocurrido a Lewis le podía haber pasado a él, y que ya no era solo con su vida con la que estaba jugando a la ruleta rusa.

Pero en ese momento, teniéndola tan cerca, aquella decisión le pareció irrelevante. Su instinto le decía que tenía que ser suya.

–No –le respondió, acariciándole la mano–. Y tengo que comprarte un anillo lo antes posible para que no vuelvas a pensar eso.

–¿Un anillo? Ah, ¡qué emoción! ¿Cuándo?

Él sonrió.

–Mañana, si no te importa que lo compremos en el zoco y sea barato, o en cuanto volvamos a casa...

Ella lo hizo callar con un beso.

–Me da igual, no me refería al anillo, sino a cuándo vamos a casarnos. ¿Podemos hacerlo cuando volvamos a casa?

Él tomó su copa de champán.

–Me parece que antes tendrás que hacer un par de cosas, como preparar los papeles y encontrar un lugar apropiado.

–Pero no creo que eso lleve mucho tiempo, ¿no? Quiero decir, que no queremos una boda por todo lo alto, ¿verdad?

–¿No? Pensé que eso era lo que querían todas las novias.

–Yo no.

–Pero querrás invitar a alguien. ¿A tu familia?

Los ojos verdes de Sophie se oscurecieron.

–No tengo familia. Ni un padre que me lleve al altar.

–Tienes madre –le dijo él–. A la mayoría de las madres les gusta ser «la madre de la novia» en la boda de su hija.

Sophie se bajó de sus rodillas y sacó la botella de champán de la champanera en la que la había dejado la azafata.

–Mi madre no es como la mayoría –comentó mientras se servía champán y derramaba un poco–. Lo siento.

–No pasa nada –le dijo Kit, quitándole la botella y la copa y rellenándosela él–. A ver, para empezar, ¿por qué no es como las demás madres?

–Bueno, para empezar, no podía llamarla así. Ni «madre» ni«mamá» ni nada parecido.

–¿Y cómo la llamabas?

Sophie se encogió de hombros.

–Rainbow, como todo el mundo.

–¿Se llamaba así?

–Eso creía yo. No me enteré de que en realidad se llamaba Susan hasta que no fui a vivir con mi tía Janet con quince años.

–¿Y por qué se hacía llamar Rainbow?

–Supongo que por parecer alternativa y diferente y libre. Cosas que, para ella, eran buenas.

–¿Y para ti no?

–No era fácil ser la única niña del colegio que llevaba un jersey de lana de colorines y un peto hecho con retazos de tela en vez de una falda gris y un jersey azul marino porque tu madre pensase que todo individuo tiene derecho a ser original.

–Al menos tu madre estaba allí –comentó Kit en tono amargo.

–Sí, aunque a menudo deseaba que no estuviera –dijo ella sonriendo–. ¿Y cuándo vamos a ver a Juliet?

–Mañana por la noche. Nos había invitado a quedarnos en su casa, pero he reservado habitación en un hotel de Marrakech.

–¿Cómo fue tu conversación con ella?

–Breve y directa, tal y como espero que sea la visita. No se trata de restablecer la relación. Solo quiero respuestas.

–¿Acerca de tu padre?

–Sí.

No pudo decir nada más, porque en ese momento apareció la azafata con varias bandejas de canapés en las manos.

–El capitán McAllister espera que estén disfrutando del vuelo, y me ha pedido que les comunique que aterrizaremos en Marrakech-Menara dentro de poco más de una hora.

Sophie arqueó la espalda y desdobló la pierna encima de la que se había sentado. Su pie descalzo rozó la rodilla de Kit, que sintió deseo.

–Gracias –dijo este a la azafata–. ¿Puede preguntarle si podemos ir más deprisa?

Capítulo 4

CUANDO bajaron del avión el cielo de la tarde estaba teñido de rosa y añil. Sophie casi había deseado que no terminase el vuelo, pero le había sido imposible no emocionarse al mirar por la ventanilla y ver la ciudad de Marrakech a sus pies. La llamaban «la ciudad roja», y viéndola al atardecer, era fácil adivinar por qué.

Un mozo se adelantó con sus maletas y entró en la terminal y Nick los esperó en la pista para despedirse. Kit y él se dieron la mano.

–Que disfrutes de Marruecos –le dijo el piloto a Sophie.

–Lo haré.

Ya lo estaba haciendo. El aire era cálido y espeso, y olía a especias. Respiró hondo y le dio un abrazo rápido.

–Gracias por habernos traído –añadió.

Una vez en la terminal, Kit fue a cambiar dinero y ella se quedó mirando a su alrededor.

Fuera los esperaba un coche del hotel, que se diferenciaba de los taxis por su limpieza y elegancia. Sophie se sentó mientras Kit hablaba con el conductor en francés fluido y le daba una propina al mozo de las maletas.

Luego subió a su lado y ella sintió deseo. Tal vez hubiese bebido demasiado champán en el avión. O tal vez fuese solo Kit y el embriagador efecto de su fuerza y seguridad. Su masculinidad. Por no mencionar su belleza y los recuerdos de lo que le había hecho con la crema de chocolate...

–Djamaa el Fna –le susurró Kit al oído–. La plaza más famosa de Marrakech.

Ella intentó contener el deseo y miró por la ventanilla. La calle estaba llena de coches y de gente, a pesar de la hora.

Se giró hacia Kit.

–Vamos fuera –le dijo casi sin aliento–. Quiero verla.

Kit le dijo algo al conductor y el coche se detuvo.

Sophie no había visto nada parecido antes. El ritmo de los tambores hizo que se estremeciese y que moviese las caderas instintivamente. Sonrió. Kit le puso un brazo alrededor del cuello y la hizo retroceder hasta chocar con su cuerpo.

–Espera un poco –murmuró contra su pelo–. No quiero perderte.

Ella se dio la vuelta para mirarlo de frente.

–No voy a ir a ninguna parte sin ti –le dijo, metiéndole las manos en los bolsillos de los vaqueros y acercándolo más.

–Si sigues haciendo eso solo vas a ir al hotel, y lo antes posible –le advirtió Kit, apartándose y echando a andar.

Pensó que Sophie era como un camaleón, capaz

de adaptarse en cualquier parte. Por un momento, pensó en otras mujeres con las que había salido, se las imaginó allí, con sus zapatos caros y recién salidas de la peluquería, y sonrió.

–Vamos, tengo hambre –le dijo Sophie sonriendo.

—¿Qué quieres cenar?

–¿Crees que venderán crema de chocolate en alguna parte? –le preguntó ella en tono inocente.

–Para –le advirtió él.

Ella rio y echó a andar entre la gente. Había puestos de fruta, pasteles y fritos, y un grupo de músicos tocando mientras una mujer vestida de rojo se ondulaba delante de ellos. Sophie aflojó el paso y se giró de nuevo hacia él.

–No sé por dónde empezar. Hay tantas cosas que quiero probar.

Y Kit tuvo que recordarse que hablaba de comida. Alargó la mano y le pasó el dedo pulgar por los labios.

–¿Qué te apetece?

Sophie lo miró a los ojos y se encogió de hombros.

–Cualquier cosa que no haya probado antes. Algo que me sorprenda.

Kit apartó la vista de ella y se giró hacia un puesto. Pidió algo y lo pagó.

–¿Qué has pedido?

–Tendrás que probarlo –le respondió él–. Cierra los ojos.

Ella dudó un instante antes de hacerlo. Los sonidos y olores de la plaza la invadieron, entre ellos, el más delicioso, el olor de Kit a su lado.

–¿Estás preparada?

Asintió. Se sentía feliz. Estaba enamorada de aquel momento, de aquel lugar, del hombre con el que estaba y todo le parecía maravilloso. Abrió la boca y probó algo picante, fuerte, ahumado y supuso que era una de las salchichas que había visto en el puesto.

–Umm... está estupendo –murmuró, tragando y abriendo los ojos–. Más, por favor.

–Pues cierra los ojos y mantenlos cerrados.

Sophie apretó los labios e intentó contener una sonrisa. Notó las puntas de los dedos de Kit en ellos y se estremeció de deseo.

–Abre la boca.

Le dejó una enorme aceituna en la lengua y ella la sujetó con los dientes un instante antes de disfrutar de su explosión de sabor. Después siguió una albóndiga de cordero, un trozo de tomate aderezado con aceite de oliva y hojas de menta. Sophie se agarró al poste de metal del puesto y mantuvo los ojos cerrados, como Kit le había pedido, dejándose llevar por aquella sucesión de sensaciones y sabores, murmurando su apreciación con los labios y la barbilla humedecidos de aceite. La música y los tambores, y el aire caliente los rodeó, y no le costó ningún esfuerzo imaginar que estaba allí sola con Kit.

Sintió humedad entre los muslos.

–¿Suficiente? –le preguntó Kit en un susurro, en tono divertido.

Ella negó con la cabeza.

–Más.

Y él le dio pan, ligero y crujiente, carne tierna, crujientes langostinos y chipirones rebozados. Sophie hizo una mueca al masticar estos y Kit le dio después algo especiado sobre un trozo de pan, que hizo que le picasen los labios.

–Umm... mejor.

–¿Y esto? Abre...

Una salsa con sabor a comino y ajo corrió por su boca y un segundo después algo le tocó suavemente los labios. Gimió y los separó, intentando capturarlo, pero Kit lo apartó riendo. Ella sacó la lengua y chupó hasta que Kit lo soltó.

No se parecía a nada que hubiese probado antes, de textura suave, pero sabor extrañamente fuerte. Lo tragó.

–¿Qué era?

Kit se acercó y le susurró al oído:

–Serpiente.

Sophie abrió los ojos.

–¿De verdad?

–Bueno, al ver que no ponías pegas a la cabeza de cordero...

–¡Kit! Eres un...

Intentó golpearlo, pero él le sujetó las muñecas, y fue entonces cuando Sophie se dio cuenta de que estaban rodeados de gente que los miraba. Empezaron a aplaudir y el hombre del puesto salió de detrás del mostrador sacudiendo la cabeza, parecía encantado con tanta publicidad gratuita.

Sophie miró a Kit, le sonrió con dulzura y le dijo en voz tan baja que solo él pudiese oírla:

–Te vas a enterar cuando lleguemos al hotel.

–Estoy deseándolo –le contestó este sonriendo de oreja a oreja.

Aprovechando que se había reunido tanta gente, los músicos empezaron a tocar de nuevo. Sophie se preguntó cuándo habrían dejado de hacerlo. La chica que bailaba se acercó a ella con las manos tendidas. Sophie las tomó mientras miraba a Kit con malicia.

–Tal vez tengas que...

–Sophie...

Ya se había quitado los zapatos y se había hecho un nudo en la camiseta, y estaba bailando dentro del círculo. No lo hacía solo bien. Era... hipnótica. No tenía la precisión técnica de la otra muchacha, pero tenía una manera de moverse muy sensual. El grupo de gente fue aumentando y el ritmo de la música fue cada vez más rápido. Kit no podía apartar la vista de Sophie.

¿Dónde había aprendido a hacer aquello? ¿Y por qué no se lo había enseñado antes? En la intimidad de su dormitorio, donde no habría tenido que controlar su excitación.

De repente, Kit supo que no podía esperar más. Avanzó y la agarró por la cintura para sacarla del círculo.

Ella no se resistió. Echó la cabeza hacia atrás y lo miró con los ojos brillantes.

–Creo que va siendo hora de ir al hotel –le dijo Kit muy serio, alejándose del grupo.

Sophie se estiró y le dio un beso en el cuello.

–Pensé que no lo ibas a decir nunca.

El interior del coche estaba frío y tranquilo, en comparación con el exterior. Se sentaron apartados el uno del otro, ya que sabían que cualquier contacto físico sería peligroso.

Ya era duro mirarse, y aun así Sophie no podía apartar los ojos de él.

Diez minutos después se detuvieron delante de un edificio sencillo, poco más que una enorme puerta de madera flanqueada por limoneros. El conductor salió del coche y le dio la vuelta para abrir las puertas traseras.

–Yo lo haré –dijo Kit.

Sophie iba a preguntarle qué había querido decir, pero lo vio salir del coche y dar corriendo la vuelta para abrirle él la puerta. Puso un brazo alrededor de sus hombros y el otro por debajo de sus piernas y volvió a apretarla contra su pecho.

–Kit, puedo...

–Shh –dijo él, llevándola hacia las puertas de madera.

–¿No me estarás utilizando como escudo humano? –murmuró ella.

Él sonrió un instante, pero luego volvió a ponerse serio mientras el conductor le abría las enormes puertas.

Al otro lado había un patio impresionante, cercado por un claustro de piedra blanca, y con una piscina rectangular en el centro. Al otro lado una luz iluminaba otra puerta.

El contraste con el caos del mercado no podía ser mayor.

Una mujer de extraordinaria belleza apareció en la puerta.

–Bienvenidos a Dar Roumana.

Llevaba la larga melena morena retirada del rostro aceitunado e iba vestida con un sencillo vestido de lino blanco. Parecía sacada de un cuento y a Sophie no le habría sorprendido que, en ese momento, hubiese aparecido un genio sobre una alfombra voladora.

–Soy Kit Fitzroy. Tengo hecha una reserva. Mi esposa se ha desmayado. Si no le importa acompañarnos a la habitación ahora, iré luego a registrarnos.

–Por supuesto.

Sophie se mordió el labio para evitar sonreír. Desmayada de deseo, probablemente. Siguieron a la mujer a recepción, donde tomó una gran llave plateada de una fila de ganchos que había en la pared, detrás del mostrador, y luego subieron unas escaleras iluminadas con minúsculas velas colocadas en el suelo.

–Aquí está su habitación.

La mujer abrió la puerta y se apartó.

–Me llamo Malika. Si necesitan algo...

–Muy amable –la interrumpió Kit–, pero no necesitamos nada por el momento.

–¿Un té a la menta, para su esposa, si está enferma...?

–Ah... gracias, pero estoy bien –dijo Sophie–.

Solo necesito tumbarme.

Malika se retiró y cerró la puerta en silencio.

En cuanto se hubo marchado, Kit gimió en voz baja y Sophie bajó al suelo. Sus labios se unieron y sus cuerpos chocaron mientras intentaban quitarse la ropa.

–Solo necesito... tumbarme –repitió jadeante Sophie cuando sus bocas se separaron para que Kit le quitase la camiseta por la cabeza.

–Ven aquí –le dijo él, guiándola hacia unas puertas dobles, detrás de las cuales había una cama baja, con sábanas blancas y grandes cojines. Todavía no habían llegado a ella cuando Sophie se quitó el sujetador y Kit tuvo que volver a abrazarla y besarla, acariciándole la espalda y bajando después la punta de la lengua a su pezón rosado.

Ella gimió, se puso tensa y enterró los dedos en su pelo.

Solo hacía unas horas que habían hecho el amor en la cama de casa, pero Kit la deseaba tanto como si llevase un año sin tener sexo.

Sophie se estremeció y gritó, se apartó para poder desabrocharle los pantalones. Le temblaban las manos y cuando una de ellas le rozó por accidente la erección, Kit estuvo a punto de llegar al orgasmo.

–Tengo la sensación... –comentó ella con la respiración entrecortada– de que va a ser muy rápido.

–¿Por qué? –preguntó él entre dientes, bajándose los pantalones.

–No sé...

La tela de los pantalones de Sophie se rasgó

mientras se los quitaba y, un segundo después, ocurría lo mismo con las braguitas, con las que Kit no quiso pararse a pelear.

Una vez desnudos los dos, se miraron un instante, respirando con dificultad, y luego él la agarró por los hombros, la besó y la tumbó en la cama.

Cayeron en ella juntos y Sophie balanceó las caderas encima de Kit con la misma sensualidad con la que había bailado un rato antes.

La habitación tenía una única y enorme ventana, tapada por una contraventana de madera que creaba sombras sobre el cuerpo desnudo de Sophie, que lo miraba con los ojos entrecerrados mientras se colocaba de manera que pudiese penetrarla. Kit apretó los dientes para no gritar de placer.

—No te contengas —le dijo ella en un susurro, moviendo las caderas.

Él la agarró por la cintura, sin apartar la vista de su rostro, y luego bajó una mano hacia donde sus cuerpos se unían.

Solo tuvo que rozarle el clítoris con el dedo para precipitar su orgasmo. Sophie abrió la boca y cerró los ojos, extasiada, y Kit sintió un momento de felicidad pura antes de ceder a su propio clímax.

Sudorosa, Sophie se dejó caer sobre su cuerpo y, por primera vez en mucho tiempo, Kit se quedó dormido al instante, completamente en paz.

Capítulo 5

LA LLAMADA a la oración desde los minaretes retumbó por toda la ciudad y un suave lamento que poco a poco se transformó en coro discordante inundó el límpido amanecer.

Kit abrió los ojos y se sentó bruscamente.

Se quedó inmóvil un momento. Tenía el corazón acelerado y el cuerpo cubierto de un sudor frío. La habitación estaba bañada por la luz rosada del primer sol y Sophie dormía a su lado. Medio envuelta en la sábana blanca, parecía una voluptuosa diosa sacada de un fresco rococó y, por un instante, Kit dejó de sentir pánico al ver cómo subía y bajaba su pecho al respirar.

Entonces se acordó de que estaban en Marrakech, y de que no estaba de servicio.

Expiró con fuerza y volvió a tumbarse. Sintió otra vez los pinchazos en las manos. La llamada a la oración continuó; era un estribillo lastimero que le hizo recordar todas las cosas de las que se había olvidado la noche anterior.

Le dio un vuelco el corazón y se levantó de la cama para buscar el teléfono. Había querido olvidar el calor, el sudor y la adrenalina. Había querido olvidar la polvorienta carretera que llevaba al puente en el que estaba escondida la bomba, pero Lewis...

¿Acaso tenía derecho a olvidarse de él?

–¿Kit? –lo llamó Sophie desde la cama.

Él se puso tenso.

–No pasa nada. Duérmete –le dijo, mientras encontraba el teléfono en el bolsillo de sus vaqueros e iba hacia la puerta de la terraza–. Tengo que hacer una llamada, luego pediré el desayuno.

Sophie se tumbó boca abajo, enterró el rostro en la almohada, que todavía estaba caliente y olía a él. A él y a sexo. Una combinación peligrosamente embriagadora que le hizo sentirse feliz. Estaba deseando salir a ver la ciudad, pero tendría que esperar. Primero desayunarían y después bajarían a la piscina.

Se llevó las rodillas al pecho. La noche anterior habían tenido el sexo más fogoso de su vida y no pudo evitar preguntarse si su felicidad se debía solo al orgasmo que Kit le había hecho tener, o a algo más mágico...

Después de haberle hablado de su niñez el día anterior en el avión, se había dado cuenta de lo mucho que había deseado tener una familia normal. No podía retroceder en el tiempo, pero tal vez pudiese tener otra oportunidad y crear su propia familia. Con Kit, en una bonita casa que llenarían de recuerdos de sus viajes, y de hijos. Muchos hijos...

En aquellos momentos, todo le parecía posible y volvió a quedarse dormida sonriendo.

El sol brillaba en lo alto del cielo azul y los puestos de la noche anterior habían desaparecido de la plaza principal, pero esta seguía llena de artistas, curanderos, acróbatas y vendedores de zumos. Kit vio cómo Sophie disfrutaba de todo emocionada. Se había puesto un vestido ajustado de color blanco que le llegaba a los tobillos y se había recogido el pelo en un moño. Parecía sentirse como en casa.

–Me recuerda a los festivales de música a los que solía ir con Rainbow cuando era pequeña –comentó, entrelazando los dedos con los de él–. Mira, ¡si hay hasta una tarotista! A Rainbow le habría encantado.

Kit no dijo nada. Aquello le recordaba al lugar en el que acababa de estar, en el que Lewis había resultado herido. La enfermera le había dicho un rato antes que no había novedades, que el muchacho seguía sedado y que todavía no sabían si iba a recuperarse. Sabrían algo más al día siguiente.

Kit se apartó un mechón de pelo sudado de la frente con mano firme. Solo estaba temblando por dentro.

Se había despertado de una pesadilla y había entrado directo en otra. Era el calor, el justiciero sol, los ojos oscuros que lo miraban por encima de velos y pañuelos. Era el hombre que llevaba un cordero muerto sobre los hombros, el olor a sangre del pequeño callejón por el que habían pasado. Eran los grupos de hombres reunidos en la calle, mirando.

Mirando. Por un momento, creyó volver a oír una voz en su cabeza.

Sophie se detuvo delante de un encantador de serpientes que estaba tocando un instrumento. Una cobra salió del cesto que el hombre tenía delante y se balanceó unos segundos antes de volver a esconderse. Sophie dejó escapar una carcajada.

—¡Pobre serpiente!

Kit sonrió y apoyó la mano en su espalda.

—Te estás quemando.

—No es posible. Me has puesto crema a conciencia —le dijo ella, mirándolo con los ojos brillantes.

—Dos veces, de hecho.

La primera vez toda la crema había ido a parar a las sábanas.

—¿Te parece justo que yo me queme llevando crema del factor cincuenta y que tú ni siquiera te la hayas puesto? —le preguntó Sophie.

Él tomó un mechón de pelo rojizo que se le había salido del moño con el dedo.

—Eres más sensible que yo. Ven —le dijo, apartándola del encantador de serpientes—. Vamos a apartarnos del sol. Si es posible, volviendo al hotel.

Sophie se echó a reír y apresuró el paso para seguirlo.

—De eso nada —replicó con firmeza—. Quiero ver más cosas. Me encanta todo.

Miró hacia uno de los callejones y Kit notó cómo la adrenalina corría por sus venas.

–Ah, mira...

Oyó la voz de Sophie a lo lejos y giró la cabeza automáticamente para ver lo que esta quería enseñarle, pero solo vio puertas en las que podría haber un francotirador escondido, tejados perfectos para albergar a un pistolero.

–Son preciosos...

Sophie se había acercado a un puesto lleno de pañuelos de seda y estaba tocando uno verde oliva con bordados dorados. Kit apretó los dientes y se frotó los ojos para obligarse a salir de la oscuridad.

¿Qué le estaba pasando? Era patético. Tenía que olvidarse de aquello.

–Póntelo.

Tomó el pañuelo y se lo puso a Sophie alrededor del cuello, se centró en la forma de sus labios y en el olor de su piel para evitar que su mente volviese a vagar entre las sombras. Sophie estaba allí y era real, y estaba muy guapa con aquel pañuelo. El deseo lo invadió e hizo que se sintiese aliviado. Tomó su rostro con ambas manos y le dio un beso.

El beso hizo que volviese a sentirse normal. Sophie se acercó a él y se apretó contra su cuerpo.

Kit juró entre dientes y se apartó.

–No pares –murmuró ella, todavía con los ojos cerrados.

–Si no lo hago, te voy a arrancar ese vestido aquí mismo para hacerte el amor –le contestó él.

Luego le quitó el pañuelo con cuidado y escogió una túnica en el mismo color. El vendedor había salido de detrás del puesto y los miraba con gesto amable. No había desconfianza en sus ojos, como ocurría cuando Kit iba vestido de uniforme. Entonces, ¿por qué le latía el corazón con tanta rapidez?

De repente, se sintió cansado. Esa mañana lo había consumido la culpabilidad por haber querido olvidar. En ese momento se dio cuenta de que, si no lo hacía, los recuerdos lo volverían loco.

Si es que no lo estaba ya.

Pagó al hombre sin molestarse en regatear y volvió al lado de Sophie para ponerle de nuevo el pañuelo.

—Ahora, Salomé, ¿vas a querer volver al hotel si te digo que tiene un exclusivo *hammam*?

Tumbada boca abajo en el denso vapor del *hammam* de Dar Roumana, Sophie cerró los ojos e intentó dejar su mente en blanco para disfrutar del masaje con aceites calientes que le estaban dando en la espalda.

El problema era que su mente no se quería quedar en blanco. Estaba llena de Kit. Al volver del zoco, sudorosos y polvorientos, él le había quitado la ropa y la había llevado a la enorme ducha que había en la habitación, donde habían hecho el amor.

Pero Kit no le había hablado. Había estado tenso desde que se había despertado esa mañana y la tensión había aumentado en el zoco. Sophie había intentado preguntarle qué le pasaba, pero él no había querido contárselo, así que seguía sin tener ni idea de qué era lo que lo perturbaba.

Estaba tan sumida en sus pensamientos que no se dio cuenta de que la masajista había dejado de tocarla. Abrió los ojos y vio que la chica le estaba tendiendo una toalla.

—Es el momento de lavarse.

—¿Lavarme? —preguntó ella, pensando que no le apetecía darse una ducha.

—Es la especialidad del *hammam* marroquí. Por aquí.

Sophie se abrochó la parte superior del biquini y siguió a la chica hacia una habitación hexagonal inundada de vapor, con una losa en el centro, a modo de altar. Sophie se subió a ella y se sintió como una ofrenda.

Hacía mucho calor y Sophie estaba sudando. La chica sacó un cubo de agua y se la echó sobre los hombros. Sophie levantó las rodillas y apoyó la barbilla en ellas, comportándose como una niña obediente.

Mientras la chica tomaba su brazo y se lo enjabonaba, Sophie pensó que tal vez Kit necesitase tiempo para orientarse y volver a su vida real. Además, sabía que estaba muy preocupado por el muchacho que había resultado herido. Seguro que hablaba con ella cuando estuviese preparado.

Después de haberle enjabonado la parte superior del cuerpo, la chica tomó una esponja y empezó a frotarla. Sophie se puso tensa al notar que la esponja rascaba.

Se mordió el labio. Dolía, y al mismo tiempo era agradable. Lo mismo que amar a Kit.

Apretó los dientes.

Él también la quería, sus caricias y besos le demostraban que no hacían falta palabras. ¿Acaso no lo decían todo sus cuerpos?

Kit llegó al final de la piscina y tomó aire antes de volver a sumergirse para dar la vuelta y hacer otro largo.

Tuvo un instante para mirar al cielo y darse cuenta de que llevaba mucho tiempo nadando. Al principio había centrado todas sus energías en no pensar, en olvidarse de Lewis y de lo ocurrido en el zoco esa mañana, y se había puesto a contar el número de largos que hacía. Después de un rato hasta se había olvidado de eso.

No podía contárselo todo a Sophie. Era tan dulce, tan despreocupada, que no podía cargarla con el peso de sus pesadillas. Solucionaría aquello solo, a su manera.

Llegó al otro lado, subió a tomar aire e iba a darse la vuelta para volver a empezar cuando vio a Sophie acercándose. El sol de la tarde brillaba en su pelo y en su piel color miel. Se había puesto la túnica bordada que él le había comprado un rato antes, que se ceñía suavemente a sus curvas. De repente, su cuerpo pareció olvidar que ya estaba saciado con el sexo más intenso de su vida y que llevaba mucho tiempo nadando.

Kit deseó que su mente pudiese olvidar con la misma facilidad.

Al acercarse, Sophie se hizo sombra en los ojos con la mano.

–¿No se te ha olvidado algo? –le preguntó.

–He estado intentando olvidarme de muchas cosas –contestó Kit, saliendo de la piscina–. Y la verdad es que es mucho más fácil después de verte aparecer así.

–¿Así? –repitió ella distraída, mirándose–. Ah, sí. Ya sé que la túnica es demasiado corta para llevarla sola, pero voy a esperar hasta el último momento para ponerme los pantalones blancos debajo...

Él alargó la mano para hacer que levantase el rostro y dejase de hablar.

–Irradias belleza.

Ella puso los ojos en blanco.

–Ah. Debe de ser por la lijadora industrial que ha utilizado la masajista para quitarme cinco capas de piel.

Kit pasó la mano por su brazo.

–Entonces, debajo de esto, ¿estás más desnuda que nunca? –le preguntó él.

–Podría decirse así... Pero no tenemos tiempo. Son las seis. Tenemos que irnos.

Por supuesto, para encontrarse con su madre, a la que hacía casi treinta años que no veía. Otra de las cosas que había intentado olvidar.

Los recuerdos solo podían bloquearse por un tiempo, al final, siempre volvían a alcanzarte.

Capítulo 6

LAS MONTAÑAS del Atlas brillaban a lo lejos como icebergs, con sus cimas cubiertas de nieve teñidas de rosa con la puesta de sol. Sophie se inclinó hacia delante en el Mercedes que Kit había alquilado en el hotel y dejó que los últimos rayos le calentasen el rostro.

Aparte de las montañas, había poco más que ver: una interminable extensión de tierra rojiza y seca, cubierta por unos matorrales de color caqui también secos, pero Sophie tenía que centrarse en algo para no pasarse todo el viaje mirando a Kit. Sus manos fuertes sujetaban el volante con fuerza. Sus antebrazos dorados contrastaban con el blanco de la camisa remangada. Su perfil... distante, perfecto.

–Me estás mirando –comentó sonriendo ligeramente, sin apartar los ojos de la carretera.

–Lo siento –le dijo ella, apartando la vista–. Estaba intentando no hacerlo.

Kit se pasó una mano por la cara.

–Confiemos en que no espere encontrarse con un banquero vestido con chinos y camisa de vestir, porque se va a llevar una decepción.

–Tú jamás podrías decepcionar a nadie. Sin embargo, yo...

Sophie bajó la visera y se miró en el espejo que había en ella. Tenía la cara colorada. Tomó su neceser y sacó el maquillaje para intentar bajar el tono de sus mejillas, pero el coche pilló un bache y el líquido color marfil rosado cayó sobre sus pantalones.

Sobre sus pantalones blancos.

Gimió consternada y empezó a frotar la mancha con un pañuelo de papel, extendiéndola todavía más.

–¿Qué voy a hacer ahora?

Kit la miró.

–Quítatelos. Ya te he dicho antes que no te hacían falta, estás mucho mejor sin ellos.

–Tal vez para ti, porque la testosterona te nubla el juicio, pero no creo que ningún experto en etiqueta aconseje llevar un vestido tan corto para conocer a una posible futura suegra. Va a pensar que soy... No sé... una fresca.

Dejó de frotar la mancha y miró a Kit, que seguía con la vista al frente, inexpresivo, aunque tenía la mandíbula apretada y los nudillos blancos de la fuerza con la que estaba agarrando el volante.

–Se trata de la mujer que engañó a su marido y dejó que criase al hijo de otro hombre como si fuera suyo para marcharse después con su amante, ¿recuerdas? No creo que esté en posición de juzgar a nadie.

A Sophie le dio un vuelco el corazón al oír hablar a Kit con tanta amargura. Dudó, se humedeció los labios, con miedo a decir lo que no debía.

–¿Te acuerdas de ella? –preguntó con naturalidad, mientras volvía a frotar la mancha de los pantalones.

–No mucho. Tenía seis años cuando se marchó –contestó él.

Luego hizo una pausa. Sophie bajó la cabeza. Estaba deseando mirarlo, tocarlo, pero no quería interrumpirlo.

–Me acuerdo de su perfume –continuó Kit con desgana–. Y que era muy bella. También me acuerdo de cuando me dijo «adiós».

Sophie no pudo evitar levantar la cabeza y mirarlo.

–Oh, Kit, debió de ser horrible.

Su expresión seguía siendo inescrutable.

–No por aquel entonces. Me prometió que volvería pronto. Ya se había marchado antes... para no volverse loca en Alnburgh, así que no tenía ningún motivo para no creerla. Me dijo que cuidase del castillo mientras ella estaba fuera, porque algún día sería mío. No sé si era lo que esperaba o si me engañó deliberadamente.

Sophie giró el rostro hacia la ventanilla. El terreno era más verde y había manadas de caballos pastando. A lo lejos había una colina salpicada de casas.

–Estaría intentando... no sé, suavizar un poco el golpe.

Kit rio con amargura.

–Pues yo creo que cuando te van a dar un golpe es mejor que sientas el dolor para poder enfrentarte a él.

–¿Vive aquí? –preguntó ella, señalando hacia el pueblo que tenían delante.

–Sí.

Sophie se puso nerviosa de repente, se quitó las sandalias doradas e intentó deshacerse también de los pantalones.

–¿Qué haces?

–Quitármelos. Es mejor ir fresca que sucia, aunque...

–¿Por qué te preocupa tanto lo que pueda pensar de ti? –le preguntó Kit, suspirando–. ¿Y por qué intentas disculparla?

Sophie respiró hondo.

–Solo quiero gustarle. Y supongo que intento disculparla porque no me gusta juzgar a nadie, ni pensar mal de nadie. La gente siempre hacía eso cuando yo era pequeña. Además, uno de los dos va a tener que estar abierto al diálogo si no queremos pasar una tarde muy, muy incómoda.

Villa Luana estaba a las afueras del pueblo, en la colina, rodeada de olivos, cipreses y pinos que perfumaban el aire cálido con su aroma seco, a resina. La casa parecía salida de un cuento de *Las mil y una noches*.

Atravesaron la puerta y se detuvieron en un jardín donde las sombras del atardecer se reflejaban en varias piscinas de color añil oscuro. Las paredes rosadas de la casa estaban iluminadas con faroles de plata ornamentada. Un hombre vestido con chilaba apareció por una puerta y se inclinó en silencio, indicándoles con el brazo que entrase en la casa.

Sophie estaba hecha un manojo de nervios, pero Kit avanzó con seguridad y entraron en un recibidor de techo muy algo. En todas las paredes había varias ventanas alargadas que ofrecían una panorámica de la colina.

Era tan bonito que, por un momento, a Sophie se le olvidó que estaba nerviosa y se acercó a las ventanas, asombrada.

–Bienvenidos a Villa Luana.

La voz procedía de detrás de ella y, a pesar de ser suave, la sobresaltó. Sophie miró a Kit, que estaba pálido y le brillaban los ojos.

Ella se giró despacio para seguir su mirada.

La mujer que se estaba acercando a ambos era pequeña, esbelta, morena y muy bella. Llevaba un vestido negro de lino, de corte europeo. La expresión de su rostro era serena, aunque, al acercarse más, Sophie vio arrugas en su frente y alrededor de sus ojos.

Unos ojos del mismo gris plateado que los de Kit.

Se detuvo a cierta distancia de ellos.

–Kit. Ha pasado mucho tiempo –añadió en voz baja, conteniendo la emoción. Mirándolo con avidez, como si su futuro estuviese en sus manos. Como si le diese miedo que volviese a desaparecer.

–Sí. Casi treinta años –le confirmó él en tono ácido.

Ella se giró hacia Sophie.

–Tú debes de ser la prometida de Kit.

–Sí, soy Sophie. Sophie Greenham.

Tal vez fueron los nervios lo que la llevaron a acercarse a Juliet y darle un abrazo, en vez de limitarse a darle la mano. O quizás lo hizo porque, a pesar de su belleza, le pareció una mujer frágil y vulnerable.

–Es un placer conocerte.

–Lo mismo digo. Un placer y un privilegio –contestó Juliet, apretándole los hombros, agradecida–. Hace tan buena tarde que he pensado que podíamos cenar en la terraza. Philippe nos traerá algo de beber mientras empezamos a conocernos un poco mejor. Quiero que me contéis todo lo relativo a la boda.

Las vistas desde la terraza que había en el tejado eran todavía más impresionantes: una acuarela en tonos ocre, arcilla, añil y dorado.

El sol estaba desapareciendo en el horizonte, tiñendo la tierra seca de rojo. Kit se apoyó en la pared y aspiró el olor a pinos, a tomillo y a madera quemada, procedente del pueblo, e intentó calmarse.

Había vuelto a sentirlo todo al verla de nuevo. La amargura, el resentimiento, la ira. Le dolía la mandíbula de tanto apretar los dientes para evitar dejar escapar un torrente de recriminaciones.

Había ido allí a obtener respuestas, no a hablar

de bodas. Oyó a Sophie charlando amablemente acerca de todo lo que veía.

Nunca la había querido tanto.

Cerró los ojos y dejó que el sonido de su dulce voz lo inundase y calmase su hostilidad. Oyó llegar al criado con la bandeja con copas. Sus manos volvían a estar entumecidas. El sonido del corcho del champán le puso los nervios de punta.

Solo quería abrazar a Sophie y llevársela de allí. A algún lugar donde pudiese aislarse del mundo y olvidarlo todo.

–He pensado que, dado que es una noche especial, teníamos que tomar champán –comentó Juliet.

Kit se giró hacia ella.

–Gracias, pero tengo que conducir.

–Conduciré yo –dijo enseguida Sophie.

–No, no estás asegurada. No pasa nada. Beberé agua mineral.

Juliet dijo algo al criado, que desapareció de nuevo. Kit apartó la vista del rostro angustiado de Sophie y la posó de nuevo en el paisaje.

–Ya veo por qué te marchaste de Alnburgh –dijo, sin molestarse en ocultar su acritud.

–¿Y tú, Kit, sigues en el ejército? –preguntó Juliet en tono dulce.

Él se acercó. Los últimos rayos del sol iluminaron su rostro magullado mientras se sentaba en el sofá que había frente a ellas.

–En la unidad de desactivación de explosivos –comentó, pasándose una mano por el rostro–. Como ves.

–Ya lo sabía. He intentado seguir tu carrera. Leí en el periódico que te habían dado la Cruz de San Jorge. Me sentí muy orgullosa –le dijo Juliet, sonriendo con tristeza–. Aunque sé que no tengo ningún derecho. Supongo que tú también te sentiste así, Sophie.

Esta asintió, la madre de Kit la había pillado desprevenida, con la boca llena.

–En cualquier caso, brindo por vosotros –añadió Juliet, tomando su copa y levantándola–. Por vuestra boda y vuestro futuro juntos. Por que seáis muy felices.

Kit miró a Sophie mientras levantaba su copa de agua mineral. La de ella estaba prácticamente vacía.

–Por todos nosotros –dijo con alegría, intentando romper el hielo–. Por un futuro feliz.

Juliet dio un pequeño trago a su copa y Sophie intentó no vaciar la suya.

–Bueno, habladme de la boda –le pidió Juliet, dejando su copa–. ¿Ya tenéis fecha?

Sophie miró a Kit, que parecía aburrido, y se le encogió el corazón de amor y de deseo.

–Ni siquiera hemos decidido cómo nos vamos a casar ni dónde –dijo enseguida–. Yo nunca he soñado con un vestido de princesa ni con una enorme tarta nupcial, así que preferiría algo discreto y pequeño. En una playa desierta estaría bien...

–¿Qué os parece la capilla que hay en Alnburgh? –sugirió Juliet con cautela–. Es pequeña, y muy bonita.

Kit hizo un sonido de desprecio y se puso en pie, tenía los ojos brillantes de ira.

–Por desgracia, no está abierta al público. Y dado que yo en realidad no soy un Fitzroy...

–Oh, Kit... –dijo Juliet, levantándose también–. Me preguntaba si lo sabrías ya. Si te habrías dado cuenta. Por eso quería verte. Porque sí que eres un Fitzroy. La finca de Alnburgh es tuya.

Capítulo 7

QUÉ HAS dicho? –preguntó Kit con los puños cerrados, furioso–. He estado con el abogado de Ralph, que dejó muy claro que no tenía nada que ver con él y que no iba a permitir que su finca cayese en manos de tu hijo bastardo.

Juliet tomó aire.

–Me lo temía. Por eso quería verte. Ralph no era tu padre, Kit, pero... –se interrumpió para volver a tomar aire– sí lo era su hermano mayor. Lo que significa que el legítimo heredero de Alnburgh eres tú, y no Jasper.

–¿El hermano mayor de Ralph? –preguntó Kit con desaliento.

–Leo –contestó Juliet en voz baja–. Leo Fitzroy.

Y Kit recordó un retrato que había visto en la entrada de Alnburgh antes de que alguien lo retirase a un lugar menos visible. Un uniforme.

–Era militar –dijo–. Y falleció en la guerra de las Malvinas.

–No –contestó Juliet suspirando–. Luchó en ella y como no volvió a Alnburgh, todo el mundo dio por hecho que había muerto y Ralph no lo negó. Pero no hubo funeral.

–¿Qué ocurrió?

Juliet se abrazó a sí misma, como para reconfortarse o protegerse, y se alejó de la mesa en la que iba a servirse la cena.

–No sé por dónde empezar, aunque llevo semanas preparando una explicación en mi cabeza.

–Empieza por el principio –dijo Sophie desde el sofá, en tono tranquilo–. Cuéntanos cómo conociste a Leo.

Kit tenía el corazón acelerado. Quería acercarse a Sophie, abrazarla y enterrar el rostro en su pelo, pero no podía moverse. Juliet fue a encender una vela que había colgada de la pared. El fuego de la cerilla iluminó su rostro un instante, sus arrugas y la expresión de dolor.

–Supongo que debo empezar por ahí –dijo, acercándose a un limonero–. Acababa de salir del internado y era muy ingenua, ya que siempre había estado protegida. Mis padres querían que continuase mis estudios en Suiza, sobre todo porque no sabían qué hacer conmigo mientras esperaban a que encontrase el marido adecuado. Entonces, un fin de semana, una amiga me invitó a una fiesta en Alnburgh, a casa de los condes de Hawksworth. Mi madre estaba encantada.

El criado, Philippe, regresó en silencio, volvió a poner los platos en una bandeja, rellenó las copas y encendió las velas que había en la mesa. Cuando se hubo marchado, Juliet se volvió a sentar.

–Me enamoré de aquel lugar –continuó, tomando su copa–. Era verano y nunca había visto algo tan romántico. Y allí estaba Ralph, riendo, tan guapo, siempre con una botella de champán en una mano y una rubia medio desnuda en la otra. La fiesta duró tres días. Cuando volví a casa, mis padres estaban furiosos. Hasta que les conté que estaba prometida.

Aunque era su madre la que estaba hablando y aunque había estado treinta años sin verla, de quien Kit no podía apartar la mirada era de Sophie. Que observaba y escuchaba a Juliet con expresión soñadora.

–Pensé que me había enamorado de él –continuó Juliet con tristeza–, pero en realidad me había dejado impresionar por el castillo, el glamour, el champán, la libertad. Fue una pena que me diese cuenta demasiado tarde. Cuando Leo vino a la boda.

Juliet se quebró y Sophie le puso la mano en el brazo con toda naturalidad. En ese momento, Kit se sintió agradecido. Sophie había aceptado la responsabilidad de los sentimientos de Juliet, quitándole ese peso a él.

Poniéndoselo... más fácil.

–Fue horrible –continuó su madre–. Era el padrino de Ralph y llegó la misma mañana de la boda, así que cuando lo vi fue ya en el altar. Lo reconocí al instante y supe que me estaba casando con el hombre equivocado.

Sophie miró a Kit, ya que ella había llegado a Alnburgh fingiendo que era la novia de Jasper.

–¿Y qué hiciste? –preguntó en un murmullo.

Juliet se encogió de hombros con elegancia.

–Nada. Me comporté como una muchacha educada y me casé, dije todo lo que debía decir en la recepción, fui de luna de miel e intenté ser una buena esposa, pero fue un desastre. Ralph jamás había tenido la intención de dejar las fiestas y a las rubias medio desnudas, y yo me di cuenta de que Alnburgh no era tan romántico en invierno. Pensé que iba a morirme, de soledad o de frío.

Sophie se llevó las rodillas al pecho y las abrazó.

–Sé lo que es eso. Solo estuve allí dos semanas, pero no pude dejar de pensar en el frío que hacía –comentó, mirando a Kit de nuevo–. O casi.

–Continúa –intervino este muy serio.

–Entonces vino Leo –añadió Juliet suspirando–. Sé que, si digo que fue imposible evitar lo que pasó entre nosotros, sonará a excusa, pero así fue. Estuvo tres semanas allí. Y entonces nos juramos que no habría nada más entre nosotros. Tomamos la decisión de no escribirnos y entonces... descubrí que estaba embarazada y no pude ponerme en contacto con él.

Por primera vez desde que había empezado a hablar, Juliet miró a Kit de verdad, con una mezcla de disculpa e indefensión en su expresión.

–Ni siquiera sabía dónde estaba –continuó–. Había entrado en las fuerzas especiales y todo lo que hacía era secreto. Yo estaba aterrada. Y tenía muchas náuseas, así que Ralph no tardó en darse cuenta de que estaba embarazada. Se puso... feliz. Ni se le pasó por la cabeza que pudiese no ser su bebé.

–¿Y no pensaste en contarle la verdad? –preguntó Kit en tono neutro.

–Por supuesto que sí. No podía pensar en otra cosa, pero no me encontraba bien y Leo no estaba allí. No sabía qué hacer, así que no hice nada.

Philippe había vuelto con platos, que dejó en la mesa antes de retirarse de nuevo.

Kit esperó a que se hubiese marchado para hablar.

–¿Y cuánto tiempo estuviste sin hacer nada? –inquirió.

–Tenías más o menos un año cuando Leo volvió –respondió Juliet sin mirarlo a los ojos–. Siempre se había dicho que Leo se ocuparía del castillo cuando dejase el ejército, pero todo había cambiado. Ralph pensaba que eras su hijo. Leo sentía que había engañado a su hermano, y no era capaz de quitarle la casa y a su hijo.

La mano de Juliet tembló y el cuscús se derramó por el mantel. Levantó la vista y miró a Kit.

–Renunció a Alnburgh sin pensárselo dos veces, pero no pudimos renunciar el uno al otro.

–Así que te marchaste para estar con él, ¿y se te olvido llevarme contigo?

A Sophie empezó a dolerle la cabeza y deseó poder cerrar los ojos y taparse los oídos, como una niña pequeña.

–¡No fue tan fácil, Kit! –exclamó Juliet, subiendo la voz por primera vez, emocionada–. No te dejé sin más. Intentamos dejar de vernos, pero no pudimos y, al final, dejamos de sentirnos culpables. Después de las Maldivas, Leo cambió. Compró este lugar para venir a relajarse cuando no estuviese trabajando.

Quería venir a vivir aquí permanentemente, y quería que tú y yo viniésemos también.

Por un momento, Kit guardó silencio. Se oyó el ladrido de un perro en la distancia.

–¿Y qué ocurrió?

Sophie oyó tomar aire a Juliet, como si estuviese haciendo acopio de valor. O preparándose para algo.

–No estaba bien cuando volvió de las Maldivas. No dormía y tenía problemas. Decidió ir a hacerse un examen médico completo a Londres.

Kit se levantó de repente, se llevó las manos a las sienes. Sophie se puso en pie también.

–Continúa.

–Pasó por varios especialistas que le hicieron un montón de pruebas. Al final le dijeron que tenía una enfermedad degenerativa que afectaba a su sistema nervioso, y le dieron un año de vida.

Kit se giró y fue hacia la barandilla de la terraza.

–Ese tipo de noticias son estupendas para centrarse. Para que las cosas parezcan sencillas.

–¿Te fue sencillo dejar a tu hijo? –le preguntó Kit, mirando hacia la noche.

–Pensé que sería solo un año –dijo Juliet a sus espaldas–. Y no podía traerte hasta aquí con un hombre al que casi no conocías, que sufría una enfermedad terminal y que iba a necesitarme veinticuatro horas al día. Tú tenías que ir al colegio, necesitabas una rutina...

«Necesitaba unos padres», pensó Kit. La había necesitado a ella. Aunque entendía que Leo también la hubiese necesitado. Su padre. Leo la había necesitado más.

–¿Y por qué no volviste?

Ella suspiró con tristeza.

–Porque los médicos se equivocaron. Su enfermedad no duró un año.

Kit se dio la vuelta muy despacio.

–¿Cuánto duró?

–Dieciséis años. Y cuando murió, ya era demasiado tarde para volver.

Más tarde, Sophie no recordaría casi nada de lo ocurrido aquella noche. Ni siquiera sabía lo que habían cenado, solo que estaba tan delicioso que había vaciado el plato y que había repetido. También había vaciado la copa en varias ocasiones. Se había dejado acariciar por el aire caliente y por la melodiosa voz de Juliet.

Esta había hablado de cosas sin importancia. De lo que les había costado restaurar Villa Luana, de cómo Leo había ido ganándose la confianza y el respeto de la gente del pueblo. Kit casi no había intervenido.

Había sido como la tranquilidad después de un huracán, pero el daño estaba hecho. Y Sophie estaba demasiado cansada para darse cuenta de cuál era.

–Has hecho muy buena elección –comentó Juliet, mirando a Sophie, que estaba medio dormida en el sofá.

–Sí –admitió Kit emocionado. Había amor, desprecio y miedo en su voz.

–Aunque uno no elige de quién se enamora –añadió su madre–. Ocurre, eso es todo. Y no importa que sea imposible, no se puede cambiar. Es para toda la vida.

–No siempre es así, ¿no? Uno no puede hacer siempre lo que quiere –dijo enfadado.

De repente, su futuro con Sophie le parecía frágil a la luz de las revelaciones que le había hecho Juliet.

Sophie cambió de postura y frunció el ceño un instante. Kit intentó contener el amor que sentía por ella, y una repentina sensación de pánico.

–Entiendo que estés enfadado conmigo –le dijo su madre–. No esperaba otra cosa, pero me alegro de que hayas venido y me hayas dado la oportunidad de explicarme. Aunque no puedas perdonarme, quería que supieses lo de Alnburgh.

Se puso en pie y miró a Sophie.

–No la despiertes. Vamos al piso de abajo, tengo una copia del testamento de Leo para ti. Con todos los detalles acerca de la finca.

Kit se levantó y fue hacia Sophie, contuvo las ganas de inclinarse y besarla en los labios. Era lo único verdadero, bueno y bello que tenía en su vida, pero...

Apartó la mirada de ella y siguió a Juliet.

–¿Y cuáles son esos detalles? –preguntó.

Le quemaban las palmas de las manos. No le importaba la finca. Todavía había cosas que quería saber.

–Todo se arregló cuando nos divorciamos. Leo renunció a la finca, pero quiso que fuese para ti.

Llegaron a una habitación amplia. Juliet encendió una luz y Kit vio que había pocos muebles, solo una cajonera, un tocador y una cama individual.

El corazón le dio un vuelco al reconocer el juego de artículos de tocador de plata de su madre: el cepillo del pelo, el espejo, el peine, que recordaba de Alnburgh.

Juliet abrió un cajón y se giró hacia él con varias fotografías en la mano.

–La enfermedad fue brutal –le explicó, con la voz quebrada mientras le tendía las instantáneas–. Era un hombre tan fuerte.

A Kit se le hizo un nudo en la garganta. La primera fotografía era de Leo Fitzroy de uniforme, con el desierto de fondo.

–Te pareces tanto a él.

Era cierto. Kit miró la siguiente fotografía: Leo de civil, con su brazo entrelazado con el de Juliet en una cafetería, con varias postales encima de la mesa. Era la Juliet que él recordaba, joven y sonriente. La madre que Leo se había llevado.

–En Marbella –le dijo ella–. Te estaba escribiendo una postal.

Y luego llegaron las fotografías de un Leo más delgado, en Villa Luana, con un gin-tonic en la mano en la terraza, en silla de ruedas.

A Kit le temblaba la mano cuando llegó a la última fotografía, en la que Leo aparecía esquelético, tumbado en una montaña de cojines, con un tubo en la garganta. Tenías las mejillas hundidas.

–Los médicos acertaron acerca de lo que le ocurriría con la enfermedad –comentó Juliet–. Como ves, lo destrozó por completo, sin piedad. Pero no se llevó al hombre que era por dentro, al que yo amaba. Aquello fue lo más maravilloso, y lo más cruel al mismo tiempo. Y aunque el precio que tuve que pagar para estar con él fue muy alto... cada día a su lado fue una bendición.

Kit le devolvió las fotografías.

–¿Esa enfermedad... es hereditaria? –preguntó.

Ella volvió a guardar las fotografías antes de responder.

–No –le dijo sin mirarle–. Casi nunca lo es.

A Kit empezó a dolerle la cabeza, notó sudor en la espalda.

–¿Qué quiere decir eso?

–El médico nos dijo que podía ser genética en un diez por ciento de los casos, pero el resto era suerte.

Volvió a acercarse a él con un sobre en la mano y una caja de terciopelo.

–Es el testamento de Leo –le dijo–. Tu copia. Y esto... es el anillo de los Fitzroy. La Estrella Oscura. No he podido evitar fijarme en que Sophie todavía no tiene un anillo de compromiso. Tal vez...

Una siniestra voz en el interior de la cabeza de Kit le advirtió que no lo aceptase. Y que dárselo a Sophie sería como encadenarla a él. No obstante, tomó la caja.

–Es tarde. Deberíamos marcharnos.

Juliet asintió y luego lo agarró por los hombros.

–Gracias –le dijo–. Me alegro muchísimo de que hayas venido.

Kit se inclinó y le dio un leve beso en la mejilla mientras deseaba poder decir lo mismo.

Capítulo 8

CUANDO Sophie despertó lo primero que notó fue que le dolía la cabeza. Lo segundo, que el dolor de estómago era solo en parte el resultado de haber bebido demasiado champán la noche anterior.

Abrió los ojos. Entre las contraventanas brillaba el sol. A su lado, la cama estaba vacía.

Kit siempre se levantaba mucho más temprano que ella. Se dijo que eso no significaba que nada fuese mal. Se sentó y se llevó una mano a la cabeza. Se miró y se dio cuenta de que todavía llevaba puesta la túnica de la noche anterior.

Gimió consternada.

Se había debido de quedar dormida, porque lo último que recordaba era que había estado sentada en la elegante terraza de Juliet Fitzroy mientras esta contaba cómo se había enamorado de Leo.

Se dejó caer de nuevo en la cama y se tapó la cara con la almohada.

Luego tenía otros recuerdos más borrosos. Como Kit llevándola al coche y ella con los brazos alrededor de su cuello, sintiéndose otra vez segura.

Se puso en pie con cuidado y fue a por agua, y a por Kit.

Lo encontró en la terraza. Llevaba puestos los pantalones de la noche anterior y estaba sin camisa. A Sophie se le olvidó la resaca nada más ver su espalda bronceada y musculosa al descubierto. Se acercó a él, lo abrazó y le dio un beso entre los omóplatos.

–Si me he perdido el desayuno, ¿existe la posibilidad de que te coma a ti en su lugar? –murmuró con voz ronca.

Él se quedó inmóvil.

–No te has perdido el desayuno –contestó, dejando los papeles que había estado leyendo–. Iré a buscarte algo.

Sophie retrocedió. Tenía el estómago revuelto, pero no sabía si era por la resaca o por la indiferencia de Kit.

–Siento lo de anoche –se disculpó–. Y la verdad es que no tengo hambre. Solo te quiero a ti.

–Tengo que hacer cosas. Todavía estoy leyendo esto.

Levantó unos papeles. Sophie se vio reflejada en sus gafas de sol. Pálida. Necesitada.

–¿Qué es?

–El testamento de Leo.

Ella dejó de sonreír.

–Ah, sí. Menuda noticia, ¿no? Así que, al final, la finca de Alnburgh es tuya –comentó, riendo–. Jasper se va a poner como loco.

–Tendré que ir a verlo en cuanto volvamos a casa.

Kit parecía estar rodeado de una especie de escudo invisible. Sophie tragó saliva para intentar contener el miedo que iba creciendo en su interior.

—Bueno, ahora está en Los Ángeles. Cuando se entere de la noticia es probable que dé semejante fiesta que necesite hasta después de Navidad para recuperarse...

Sophie se interrumpió, se humedeció los labios y preguntó:

—¿Y a ti? ¿Qué te parece? Debes de estar contento después de haber averiguado que, al fin y al cabo, eres un Fitzroy —dijo sonriendo—. Y no un Fitzroy cualquiera, sino el que va a heredarlo todo...

Él rio en ese momento, pero lo hizo con amargura.

—¿Contento? No exactamente. Créeme, heredarlo *todo* no es ninguna suerte.

Sophie notó que las náuseas aumentaban. Sabía que ser el conde de Hawksworth implicaba responsabilidades, una de ellas, casarse con la mujer adecuada y tener herederos.

Kit se llevó una mano a la frente.

—Tengo que hacer unas llamadas.

—Yo iré a ducharme —murmuró ella, yendo hacia la puerta.

—Creo que voy a tener que volver a casa hoy —continuó Kit sin levantar la vista—. Llamaré a Nick para que me lleve a Newcastle y allí alquilaré un coche para ir a Alnburgh.

Sophie se detuvo.

–¿Y yo?

Kit levantó la cabeza, pero no la giró para mirarla.

–Sé que Alnburgh no te gusta. No tienes que venir si no quieres, pero tienes que entender que yo deba hacerlo.

–Quiero ir –le dijo ella esperanzada, obligándose a sonreír–. Tal vez Alnburgh no sea el destino de mis sueños, pero no quiero separarme de ti tan pronto. Quiero estar contigo.

Kit esperó a oír cómo se cerraba la puerta del cuarto de baño antes de dejar escapar el aire que había estado conteniendo y de dejar el testamento de Leo encima de la mesa.

Lo cierto era que ya había terminado de leerlo y que, efectivamente, Leo se había asegurado de que la finca de Alnburgh fuese para su hijo.

Sophie tenía razón, debería estar contento, pero no podía dejar de pensar en qué más podía haber heredado de Leo.

Se miró el reloj, era buena hora para llamar y preguntar por Lewis. Y tal vez pudiese hablar con Randall. Habían servido juntos en el ejército y le daría una respuesta sincera acerca de por qué se le quedaban dormidas las manos y sentía pinchazos en los dedos, y de si eran los primeros síntomas de la enfermedad que había terminado lentamente con la vida de su padre.

Tomó el teléfono sin saber si sería capaz de lidiar con la respuesta que le diese su amigo.

Sophie salió de la ducha y enterró el rostro en una suave toalla. Después de diez minutos debajo de los chorros de agua seguía doliéndole la cabeza y todavía tenía miedo.

Su madre siempre le había dicho de niña que era igual de buena que cualquiera, pero eso era porque Rainbow no había pasado nunca una noche con alguien como Juliet Fitzroy. Se sintió consternada al recordar el abrazo que le había dado nada más conocerla, y al pensar que se había quedado dormida después de la cena.

No le extrañaría que Kit ya no tuviese tan claro si quería o no casarse con ella.

Salió al dormitorio y lo oyó hablar por teléfono, pero no entendió lo que decía. Tomó el vestido blanco que se había puesto el día anterior, y que todavía estaba encima de una silla, y se lo puso porque no tenía energía para buscar otra cosa.

Miró a través de las contraventanas y vio a Kit de espaldas, con el cuerpo en tensión.

Si Sophie había aprendido algo de su alegre madre era que una no podía obligar a nadie a amarla. Si iba a estar con Kit, compartiendo su vida, tendría que ser porque él quería, no porque le hubiese hecho una promesa en otras circunstancias.

No estaba preparada para dejarlo marchar sin luchar por él, pero tendría que dejarle espacio para que pudiese acostumbrarse a su nueva situación.

Tomó un papel de la libreta del hotel que había en la mesita de noche y escribió una nota. Luego se puso las sandalias, tomó el bolso y salió en silencio.

–¿Qué significa eso? ¿Que se va a poner bien?

Kit notó dolor en el brazo y se dio cuenta de que estaba agarrando el teléfono con demasiada fuerza mientras escuchaba a Randall hablarle de Lewis. Levantó la vista al cielo azul, pero no pudo evitar que su mente volviese al pasillo que había delante de la habitación de Lewis, ni tampoco pudo evitar sentirse culpable.

–Significa que no parece que su columna vertebral haya sufrido daños permanentes –le explicó Randall–. Todavía le queda bastante para poder levantarse y andar, pero al menos parece que podría hacerlo algún día.

–Gracias a Dios,

–¿Y cómo estás tú, Kit? –le preguntó Randall–. Sé que no ha sido una misión fácil.

–Estoy bien –respondió él–. Por una vez, llevaba el traje antiexplosivos, si no, ya no estaría aquí. Tengo unos cortes en la cara porque llevaba la visera levantada, pero se están curando bien.

–Me alegra oírlo, pero no estoy seguro de que hayas contestado a mi pregunta –replicó Randall en tono amable–. ¿Cómo estás?

–Bien. Solo necesito descansar, eso es todo.

Cerró los ojos y maldijo su cobardía. Quería saber, pero no era capaz de preguntar.

Tal vez Randall notó algo en su voz, porque insistió.

–¿No estás durmiendo bien?

–Nunca duermo bien, pero después de cinco meses lejos de casa, parece ser que siempre tengo cosas más importantes que hacer que dormir.

Randall rio.

–En ese caso, el único culpable eres tú.

Kit se dio cuenta de que la conversación estaba llegando a su fin. De repente, tenía las manos llenas de sudor. Respiró hondo.

–Antes de que me cuelgues, quería preguntarte qué sabes de la enfermedad de la neurona motora.

Hubo unos segundos de silencio.

–Bueno, no es mi especialidad. ¿Hay algo que quieras saber al respecto?

–Sí. ¿Cuáles son los primeros síntomas?

Randall suspiró al otro lado del teléfono.

–No lo sé, Kit. Cada caso es diferente, pero supongo que debilidad en manos o pies, supongo que más notable en las manos... falta de coordinación, esas cosas. ¿Por qué?

Kit ignoró la pregunta y recordó aquellos momentos, bajo el puente, en que sus dedos se habían quedado dormidos mientras manipulaba los cables.

–¿Cuál es el tratamiento?

–No tiene cura, si es eso lo que quieres saber –le contestó Randall a regañadientes–. Se puede disminuir su progresión con medicamentos, pero no es nada agradable.

–Lo sé.

–No obstante, esos síntomas son comunes a muchas otras enfermedades menos graves y mucho más habituales –continuó Randall en tono más alegre–. La enfermedad de la neurona motora sería la peor, y una de las menos probables.

«Salvo que tengas una predisposición genética», pensó Kit.

–¿Kit? ¿Sigues así? Oye, ¿por qué no vienes a verme cuando vuelvas? A Lewis le animará ver a su comandante y yo te haré un examen rápido si hay algo que te preocupa.

–No. No hace falta, de verdad.

Randall tenía experiencia de sobra para saber que tenía que intentarlo de otra manera.

–Bueno, ¿qué tal entonces un partido de squash? Hace mucho que no jugamos, tal vez porque siempre me ganas tú.

Kit se dio cuenta de lo que su compañero estaba haciendo y, en el fondo, se lo agradeció.

–Me encantaría, pero... –dijo, levantando la mano en la que no tenía el teléfono y tensando los dedos– tengo que arreglar unos asuntos familiares.

–Bueno, pero ya sabes dónde estoy si me necesitas. O si quieres preguntarme algo más.

–Gracias, pero ya has resuelto todas mis dudas –respondió Kit–. Lewis te necesita más que yo. Dale recuerdos de mi parte.

Kit colgó y se giró para dejar el teléfono encima de

la mesa. Notó que le dolía el hombro y se dio cuenta de que había estado toda la conversación en tensión.

Pensó alarmado que Sophie ya debía de haber salido de la ducha y se preguntó si lo habría oído hablar. Atravesó apresuradamente la terraza y entró en la habitación.

El ambiente era fresco. Y todo estaba en silencio. Vio una nota encima de la cajonera:

He ido a la medina a comprar una postal para Jasper. Hasta luego. Te quiere, S.

Kit se sintió aliviado, no lo había oído. Podría seguir comportándose con normalidad, como si todo fuese bien. Si no iba a ver a Randall ni le daban un diagnóstico, no le estaría mintiendo.

Pero una cosa era no mentir y otra distinta, ocultar la verdad y hacerla prisionera de su enfermedad casándose con ella.

Todavía tenía el anillo que Juliet le había dado en el bolsillo de los pantalones, sacó la caja y la abrió. La piedra era un óvalo negro y estaba rodeada de diamantes.

Estuvo un rato mirándolo. Luego cerró la caja con fuerza, se la metió otra vez en el bolsillo y fue a buscar a Sophie.

El coche del hotel lo dejó en la plaza. Mientras se dirigía a la medina, tomó el teléfono y llamó a Sophie.

Las estrechas calles de la medina eran oscuras y frías. Era un alivio estar a cubierto del sol, pero las sombras acechaban amenazantes. Kit empezó a sudar. Aceleró el paso hasta ponerse casi a correr y buscó una melena rojiza entre la gente.

¿Por qué no respondía Sophie al teléfono?

El corazón se le aceleró mientras buscaba con la mirada. Había bolsas de basura en las esquinas y la gente llevaba paquetes en los que podía tener escondida una bomba.

Miró hacia delante y vio la puerta en forma de arco del zoco, que daba a la calle ancha que había detrás. Y justo delante de ella, la melena pelirroja de Sophie.

Estaba sentada en un taburete bajo delante de una mujer que iba tapada con un velo y que le estaba sujetando una mano. Kit suspiró aliviado. Contuvo el impulso de echarse a correr hacia ella, tomó aire y anduvo con normalidad. Le estaban haciendo un tatuaje de henna, por eso no había contestado a su llamada. No porque la hubiesen secuestrado. Se pasó una mano por el pelo sudado y siguió andando.

Se detuvo.

En una puerta, enfrente de ella, había un hombre con un teléfono móvil. Kit lo vio marcar un número a cámara lenta.

La adrenalina empezó a correr por sus venas. De repente, todo su cuerpo se puso rígido y se llevó la mano a la pistola, pero le temblaban tanto las manos que se le cayó.

Y la vio caer al suelo también a cámara lenta.

Supo que tenía que llegar adonde estaba Sophie antes de la explosión, pero tenía los pies como clavados al suelo y no podía moverse. Abrió la boca para
llamarla a gritos, pero no fue capaz de articular palabra.

Pero ella levantó la cabeza en ese momento y lo
vio. Dejó de sonreír y se puso en pie, avanzando hacia él con los brazos estirados.

–¡Kit! ¡Kit! ¿Qué te pasa?

Le acarició el rostro, preocupada.

–Amor mío, ¿qué ocurre?

Detrás de ella, el hombre de la puerta estaba hablando por su teléfono móvil. Kit apartó el rostro de
la mano de Sophie, como si le quemaran.

–Nada, no pasa nada –dijo en tono helado–. He
venido a buscarte porque el vuelo es a la una. Tenemos que hacer las maletas e ir al aeropuerto, si es
que todavía quieres volver conmigo.

Sophie bajó la mano y retrocedió. Bajó la vista
al suelo y asintió.

–Sí. Claro que sí.

Kit se odió a sí mismo, pero el orgullo le impidió
tomar la mano de Sophie, le impidió disculparse o
darle una explicación. En su lugar, se dio la vuelta
y empezó a andar por la calle, con la mirada al
frente.

Capítulo 9

EL VUELO de vuelta a Inglaterra fue tan lujoso como el de ida, pero mucho menos placentero.

Ninguno de los dos habló mucho. Kit parecía haberse puesto detrás de una pared de cristal, de manera que, a pesar de tenerlo muy cerca, Sophie se sentía como si no pudiese llegar a él. Sentada en su sillón de cuero, miró por la ventanilla, deseosa de cruzar el espacio que los separaba, quitarle el papel que tenía en la mano y obligarlo a fijarse en ella, a hablar con ella...

A decirle exactamente qué se le había pasado por la mente cuando la había visto un rato antes en el zoco.

Pero tenía la sensación de que, si lo hacía, ya no habría vuelta atrás, porque la respuesta de Kit lo cambiaría todo.

Era casi de noche cuando llegaron a Alnburgh. A pesar de ser verano, la diferencia de temperatura y de colores con Marruecos no podría haber sido mayor. El castillo, de piedra gris, se elevaba entre los acantilados y tenía delante un trozo de playa. Parecía sacado de una película de vampiros.

Sophie se vino todavía más abajo.

Recordó la primera vez que lo había visto. Una noche de invierno, en medio de una ventisca. Le había parecido una bola de nieve de cristal. Le había encantado, pero solo hasta que se había dado cuenta de que dentro del castillo hacía tanto frío como fuera.

–No entiendo por qué Tatiana se fue corriendo a Londres después del funeral de Ralph –comentó, estremeciéndose–. No me parece lo más adecuado, ¿no? ¿Queda alguien trabajando?

–Que yo sepa, no –respondió Kit–. Tatiana no quería seguir pagando al personal si no iba a seguir viviendo en el castillo.

Sophie encendió la calefacción del coche, dirigiendo el chorro de aire caliente a sus pies. Todavía llevaba puestas las sandalias y sabía que sería su última oportunidad para calentarse.

–¿Esta es una gran responsabilidad, verdad? –aventuró en voz baja, preguntándose si era el momento de preguntar cuándo podrían volver a Londres.

–Sí.

Kit detuvo el coche y apagó el motor y Sophie oyó el ruido del mar y los gritos de las gaviotas a lo lejos.

–Sophie, sé que esto no es lo que querías, ni lo que esperabas...

Ella se dijo que ya estaba, que Kit iba a soltarle el discurso de que lo suyo no iba a funcionar. Sintió pánico.

–No, pero tampoco es lo que tú esperabas –le contestó, disponiéndose a abrir la puerta con mano temblorosa–. Santo cielo, qué alto está el césped. ¿No te sientes un poco como Ricardo Corazón de León volviendo de una cruzada?

Salió del coche y tomó la bolsa con las cosas que había comprado en el aeropuerto: dos botellas de champán, una de vodka en una botella rosa fosforita y un Toblerone gigante para Jasper. Respiró hondo y se abrazó mientras el viento sacudía su vestido. La cazadora vaquera que se había puesto encima no era suficiente para aquella temperatura.

Oyó que Kit cerraba su puerta.

–¿Tienes llaves? –le preguntó, dando la vuelta para seguirlo escaleras arriba, hasta la enorme puerta principal.

–No las necesito –contestó él, marcando varios números en un discreto teclado–. Tatiana le pidió a mi pa... a Ralph que instalase un sistema electrónico.

La puerta crujió al abrirse.

–Después de ti.

Sophie se acordaba del recibidor de su primera visita, las paredes de piedra estaban todas cubiertas de cientos de espadas, pistolas, escudos y siniestras dagas. La primera vez le habían intimidado y en esos momentos no se sentía mucho mejor.

–Hogar dulce hogar –comentó en tono irónico–. Lo primero que tendríamos que hacer es quitar todas estas cosas horribles y poner un perchero y un bonito espejo. Sería mucho más acogedor y más práctico.

Kit se agachó a recoger el correo que había en el suelo, no sonrió. Y Sophie decidió que lo mejor sería mantener la boca cerrada.

–Voy al baño –murmuró, avanzando por un pasillo en el que había colgadas las cabezas de varios ciervos y antílopes intercaladas con cuadros de los antepasados de la familia Fitzroy.

Al llegar al vestíbulo que daba a la ancha escalera por la que se subía al piso de arriba, Sophie se dio de bruces con la madre de Jasper. O más bien con su retrato, que era tan intimidante y glamuroso como ella en persona. Se detuvo delante y lo observó. El pintor, fuese quien fuese, había capturado la belleza eslava de Tatiana, así como el brillo triunfante de su mirada.

Sophie suspiró. No se imaginaba a sí misma en un retrato parecido, cubierta de satén y diamantes. Subió las escaleras con rapidez. A Tatiana no le había dado por redecorar el piso de arriba, que estaba viejo y descuidado. El baño en el que entró Sophie había sido remodelado en los años treinta y tenía una enorme bañera de hierro, con pies de león y baldosines de color verde, y en él hacía mucho frío.

No había papel higiénico, pero Sophie tuvo la suerte de encontrar los restos de su servilleta de papel del avión en un bolsillo. Acababa de tirar de la cadena e iba a salir cuando algo llamó su atención en el suelo, junto a la puerta.

Su gritó retumbó por los pasillos de toda la casa.

En el piso de abajo, Kit se quedó helado.

El instinto le hizo subir corriendo las escaleras,

de dos en dos. En un instante volvía a estar de servicio. Llegó al cuarto de baño y empujó la puerta.

–Sophie...

No había sangre, eso fue lo primero que vio. Luego se dio cuenta de que estaba en un rincón, entre la bañera y el váter, con los puños cerrados y expresión de horror.

–¡No te muevas! –le dijo.

Él se quedó inmóvil y su mente lo llevó de vuelta al desierto. Las imágenes de minas medio cubiertas de tierra llenaron su cabeza.

Muy lentamente, Sophie estiró un brazo y señaló hacia el suelo, a su lado.

–Ahí.

Kit giró la cabeza. Parpadeó.

–Una araña –dijo–. Es solo una araña.

–¿Solo una araña? ¡Es enorme! Por favor, Kit –le rogó–. Las odio. Por favor... deshazte de ella.

Él se inclinó para capturarla, pero sus dedos se negaron a cooperar y se le escapó. Sophie volvió a gritar y se apretó todavía más contra la pared.

Kit consiguió cazarla por fin, abrió la ventana y la dejó fuera.

–¿Ya está?

Él le enseñó la mano vacía. La adrenalina que todavía corría por sus venas le impedía hablar. Tenía la respiración entrecortada. Se dio la vuelta y se llevó las manos a las sienes, intentando contener la ira.

–Gracias –le dijo Sophie con voz temblorosa a sus espaldas–. No las soporto. De niña había muchas en el autobús en el que vivíamos y Rainbow nunca las quería matar porque decía que eran seres vivos. Yo me tumbaba en la cama, aterrada, y me las imaginaba metiéndose entre las sábanas...

Se le escapó un sollozo y se llevó la mano a la boca para acallarlo.

Siempre le había parecido fuerte, divertida y positiva, pero después de verla tan asustada, a punto de ponerse a llorar, Kit se ablandó. Fue a su lado y la abrazó y la besó.

–No pasa nada. Ya estás a salvo. Se ha ido.

Se sentía tan bien abrazándola y besándola de nuevo. La pesadilla de las últimas veinticuatro horas se empezó a desvanecer con su calor y su olor. Kit tomó su rostro con ambas manos y se dio cuenta de que la sensación de entumecimiento de sus manos había desaparecido. Podía sentir el calor de sus mejillas, la suavidad de su piel, cada lágrima que derramaban sus ojos.

Y el deseo que había estado conteniendo durante el largo viaje creció en su interior como una bola de fuego. Como siempre, el ardor de Sophie no era menor. Bajó las manos por su pecho y lo agarró por la camisa.

–Aquí no –dijo él, apartándose.

Ella rio, tenía las mejillas húmedas y sonrojadas, y los ojos brillantes.

–Me alegro.

–Vamos.

Tomó su mano y la llevó hasta unas escaleras que subían en espiral.

–¿Adónde vamos?

–A mi habitación. A nuestra habitación.

–¿Y está lejos?

Kit se detuvo y la tomó en brazos. Y Sophie pudo dedicarse a besarlo, a mordisquearle la oreja, y a murmurarle al oído:

–Te deseo. Necesito tenerte dentro.

Él atravesó una puerta y entró en una habitación. Sophie levantó la cabeza y miró.

Estaban en una habitación enorme, circular y casi vacía, en la que solo había una cajonera y una magnífica cama de madera labrada. Kit la dejó al lado de esta. La luz del anochecer teñía las paredes blancas de rosa y a Kit le brillaban los ojos de excitación mientras intentaba bajarle a Sophie la cremallera del vestido.

–Esta vez –le susurró–, nos lo tomaremos con calma. Eres demasiado bella como para precipitarnos.

Sin apartar la vista de su cuerpo, le bajó la cremallera del vestido poco a poco. Sophie se estremeció e hizo un esfuerzo para no arrancarle a Kit la camisa. Él metió las manos por debajo del vestido y le acarició la espalda. Luego frunció el ceño y la hizo girar.

Le apartó el pelo y le dio un beso en la nuca. En el silencio se oyó el grito de las gaviotas que surcaban el cielo color melocotón, y el beso de Kit.

Este le bajó un tirante, luego el otro. Y el vestido cayó al suelo.

Sophie se giró, temblando de deseo. Él tomó aire

mientras recorría su cuerpo con la mirada, desnudo, solo cubierto por unas braguitas de encaje lila, y con dedos temblosos, Sophie empezó a desabrocharle la camisa.

No supo si sería capaz de controlarse tanto como Kit. Tuvo que hacer un gran esfuerzo para no arrancarle los botones. Llegó al último.

–Kit...

Él retrocedió un paso y se sentó en la cama, con los ojos clavados en ella mientras la besaba en el estómago. Sophie se agarró a sus hombros y se preparó para disfrutar de un placer que ya estaba empezando a sentir. Kit siguió besándola y le bajó las braguitas.

Ella suspiró.

Pero Kit siguió acariciándole los muslos lentamente mientras su lengua continuaba explorándola. Sophie echó la cabeza hacia atrás y las caderas hacia delante, hacia arriba, para sentir el calor del aliento de Kit y la caricia de su lengua en el clítoris.

Entonces se echó hacia delante y enterró la cara en su pelo. Kit notó cómo se estremecía al llegar al orgasmo, la agarró por la cintura y la hizo caer en la cama con él. Se quitó los pantalones a patadas y unos segundos después la había penetrado y tenía sus músculos calientes y húmedos alrededor de la erección.

Por un momento se quedaron los dos quietos, se miraron a los ojos. Luego, muy despacio, Sophie lo besó en los labios.

–Te quiero.

Fue solo un susurro, pero minó por completo el control de Kit, que la abrazó con fuerza contra su pecho. Sophie puso las piernas alrededor de su cintura y él la penetró todavía más. Llegó al clímax nada más notar que ella volvía a sacudirse.

Se sintió extático. En aquel momento hasta era posible creer que era inmortal.

–¿Kit?

Sophie tenía la cabeza apoyada en su pecho y oía los latidos de su corazón. Se sentía aturdida de felicidad y de alivio, al volver a tenerlo cerca.

–¿Umm?

Sophie notó cómo el amor florecía en su interior y sonrió.

–Odio estropear el romanticismo del momento, pero estoy muerta de hambre.

–Pues eso puede ser un problema –le dijo él, trazando un círculo con la punta del dedo en su hombro–. Porque no tengo ni idea de qué hora es, pero la tienda del pueblo ha debido de cerrar hace siglos y no sé si habrá algo en la cocina. ¿Quieres ir a cenar a Hawksworth?

Ella se lo pensó unos segundos.

–¿Tendríamos que vestirnos?

–Es probable. Por aquí son bastante anticuados a ese respecto.

–En ese caso, no –dijo Sophie, apartándose de él a regañadientes y poniéndose en pie–. Jasper tendrá que sacrificar su Toblerone. Y tenemos champán.

–De hecho, tenemos la bodega llena –comentó Kit en tono seco.

–Ah, sí. Supongo que sí. No lo había pensado.

Sophie se inclinó a recoger su vestido, que estaba debajo de los pantalones de Kit. Al hacerlo, algo se cayó de un bolsillo al suelo.

Una caja. Cuadrada, de terciopelo negro.

Sin pensarlo, Sophie la recogió. Y no se dio cuenta de lo que podía ser hasta que no se hubo incorporado de nuevo.

Se quedó boquiabierta. Se sintió esperanzada y feliz, y levantó la vista para mirar a Kit. Por un segundo, solo pudo pensar en lo sexy que estaba, tumbado entre las sábanas blancas, con la luz del crepúsculo iluminándolo. Y entonces se dio cuenta de que estaba pálido.

–¿Kit? –dijo en un susurro, con el corazón acelerado–. ¿Qué es esto?

Él se sentó despacio.

–Ábrelo.

A Sophie le temblaban las manos. La caja se abrió con un suave crujido. Sophie dio un grito ahogado.

El anillo tenía una piedra preciosa de color verde irisado, pero a ella le temblaban tanto las manos que la luz del sol hacía que desprendiese todo un arcoíris de colores. Estaba rodeada por dos filas de diamantes. Sin duda, era un anillo muy antiguo y muy, muy valioso.

Sophie también tuvo la sensación de que ya lo había visto antes.

–Es un ópalo negro –dijo Kit con voz apagada–. Se llama La Estrella Oscura. Ha sido el anillo de compromiso de mi familia durante generaciones.

–Ah –dijo ella–. Supongo que este es el incómodo momento en que tu novia encuentra por casualidad el anillo que estás reservando para la mujer de buena cuna que deba llevarlo.

Volvió a cerrar la caja y se la tendió.

–Será mejor que lo guardes en algún lugar seguro.

Se acercó a él con piernas temblorosas. Kit tomó la caja con cuidado y sacó el anillo. Luego le agarró la mano izquierda, le dio un beso en el tercer dedo y se lo puso.

–¿Te parece lo suficientemente seguro?

La hizo tumbarse de nuevo en la cama, tomó su rostro con ambas manos y la besó para que no viese la desesperación y el odio hacia sí mismo en sus ojos.

Capítulo 10

VEINTIDÓS libras y cincuenta y seis centavos, por favor. Lo pongo en la cuenta de los Fitzroy, ¿verdad, señorita...?

Sophie, que estaba buscando su monedero, levantó la vista. Desde el otro lado del mostrador, la señora Watts la miraba con malvada expectación.

–Ah. Greenham –balbució–. Sophie Greenham, pero no hace falta, gracias, lo pagaré ahora.

–Pero está alojada en el castillo, ¿verdad? –insistió la señora Watts mientras esperaba el dinero–. ¿Con el señor Kit? ¿O su señoría como todavía pienso yo en él? Es una pena. Está mucho mejor preparado que el señor Jasper, este es más frívolo, siempre lo ha sido, un poco como su madre, la segunda señora Fitzroy, que supongo que ahora estará en Estados Unidos.

–Sí –le confirmó Sophie sin poder evitarlo, tendiéndole el dinero y mirando hacia la puerta, con la esperanza de que alguien acudiese a rescatarla, como un grupo de ruidosos niños en busca de caramelos.

No fue así.

–Oh, qué anillo tan bonito –añadió la señora

Watts, aceptando los billetes que Sophie le había dado, con los ojos brillantes–. Yo creo que eso de que los ópalos dan mala suerte es una tontería, ¿no? Recuerdo haberle visto este anillo a la primera señora Fitzroy, la señora Juliet. Creo que tengo que felicitarla, señorita Greenham.

–Sophie. Sí.

–Ah, cómo me alegro. El señor Kit es todo un caballero y hace muchos años que no se celebra una boda como es debido en el castillo –comentó mientras metía las compras de Sophie en una bolsa–. El señor Ralph se casó con su segunda esposa en Londres, a ella nunca le gustó mucho esto, pero todavía recuerdo el día en que se casó con la señora Juliet. Todo el pueblo acudió a verlo. Ella sí que era una señora de verdad. Jamás habría permitido que el castillo quedase en el estado en el que está. Qué pena que su matrimonio no durase.

Sophie se contuvo para no decirle que no esperase presenciar otra boda en el castillo en poco tiempo, tomó su bolsa y fue hacia la puerta.

–Tome, olvida las flores. Son muy bonitas. El orgullo y la alegría del señor Watts.

La señora Watts dio la vuelta al mostrador para dárselas y para abrirle la puerta.

Sophie se sonrojó.

–Gracias, pero puedo...

–Tonterías. Ahora ocupa un lugar importante en este pueblo. Estamos muy orgullosos de nuestra herencia.

Plenamente consciente de su vestido barato y de

sus zapatillas, Sophie salió a la luz del sol. El colegio acababa de empezar de nuevo así que el pueblo estaba vacío de veraneantes, pero había un grupo de madres jóvenes con sillitas de bebé charlando junto al césped. Sophie sintió una punzada de anhelo tan fuerte que se le cortó la respiración unos segundos. El periodo se le había retrasado tres días, algo inusual en ella. De repente, se giró hacia la señora Watts y le preguntó:

–¿Qué es eso de que los ópalos dan mala suerte?

Esta hizo un ademán para quitarle importancia.

–Es solo un cuento de viejas. Yo no me creo esas cosas. El amor es lo que hace que un matrimonio funcione. El amor, la confianza y la comunicación. Eso ha hecho que el señor Watts y yo sigamos juntos después de casi cincuenta años.

Mientras caminaba de vuelta al castillo, Sophie pensó que lo suyo con Kit no pintaba bien. La comunicación no era precisamente el punto fuerte de su relación. La cercanía que habían compartido la noche en que le había regalado el anillo estaba empezando a desaparecer otra vez. Durante los días siguientes, Kit había estado ocupado reuniéndose con abogados, contables, asesores; desenmarañando el testamento de Leo e intentando hacer todo lo necesario para que el castillo, que había sido descuidado por Ralph, volviese a funcionar.

Por las noches cenaban, a menudo delante del fuego, en la sala de estar, o daban un paseo por la playa. Charlaban, por supuesto, de las reformas que había que hacer, más del futuro de Alnburgh que del suyo propio. De hecho, la conversación más profunda que habían tenido había sido acerca de una llamada a Jasper que, tal y como Sophie había predicho, se había sentido aliviado al saber que el castillo no iba a ser suyo. También se había preocupado por ella.

–No es precisamente el mejor nido de amor en el que empezar un matrimonio –le había advertido.

Que era lo mismo que pensaba ella, pero Kit estaba cada vez más implicado en la finca y no parecía tener planes de volver a Londres.

Sophie redujo el paso al acercarse al castillo y luego aceleró para atravesar el vestíbulo, hasta que llegó a la cocina, que era una habitación luminosa, aunque no se parecía en nada a la acogedora y soleada cocina que había imaginado cuando le había dicho a Jasper que estaba preparada para tener un hogar.

Dejó la compra encima de la mesa y fue a buscar un jarrón para las flores. Había descubierto que, al otro lado del pasillo, había una habitación llena de porcelana: soperas, cafeteras, jarrones, juegos de tazas y una gran selección de jarrones, pero no se atrevió a utilizar ninguno de ellos por si acaso eran demasiado excepcionales y valiosos para los crisantemos del señor Watts. En su lugar, tomó una jarra color crema de un armario y la llenó de agua.

En un intento de acercarse a Kit, había decidido cocinar debidamente esa noche, y puso la mesa del comedor por primera vez desde que habían llegado a Alnburgh. Se había gastado una cantidad exagerada de dinero en un solomillo de venado, sobre todo, porque le parecía que era lo que estaba a la altura del elegante entorno.

Tomó las flores y las llevó al piso de arriba, al comedor, que estaba a oscuras porque tanto las contraventanas como las cortinas estaban cerradas. Deseó abrirlas de par en par, pero se refrenó.

Había cometido ese error el primer día que había estado allí y Kit le había dicho que la luz no era buena para las pinturas y que, si abría y cerraba constantemente las cortinas victorianas, se estropearían.

En su lugar, encendió la enorme lámpara de araña que había encima de la mesa y las que había encima de los cuadros. Dejó las flores en la mesa y retrocedió con las manos en las caderas.

Se sintió inundada por la tristeza y la desesperación.

En aquel gigantesco comedor, los crisantemos del señor Watts parecían insignificantes, perdidos.

Como ella en Alnburgh.

Sus esfuerzos por sentirse en casa eran inútiles. ¿De qué servía encender velas aromáticas en el salón si todo olía a piedra fría, a tierra húmeda y a viejo? ¿Para qué iba a intentar hacer suyo el castillo cuando se le recordaba constantemente cuáles habían sido sus anteriores ocupantes?

Levantó la cabeza y miró los retratos que había en la pared. Todos parecían mirarla con desdén. Todos, menos uno.

Era un retrato en el que se había fijado ya la pri-

mera noche que había estado allí, seis meses antes.
Se trataba de una mujer ataviada con un vestido de
seda rosa. Lo que la diferenciaba de los demás ros-
tros amargados era su belleza y una misteriosa sonrisa. Kit le había dicho que se trataba de una can-
tante en la que se había fijado el conde de la época,
con la que se había casado a pesar de su diferencia
de edad y de que no estuviese hecha para ser con-
desa.

Sophie se estremeció al recordar que le había dicho:

—Como tú y yo.

Iba a darse la vuelta cuando se dio cuenta de que
la joven llevaba su anillo.

Allí era donde lo había visto antes. Se estremeció, levantó la mano para mirarlo y recordó la historia de la otra mujer. Supuestamente embarazada
de un hijo ilegítimo y muy enferma de sífilis, se había tirado de una de las almenas de la torre este,
para morir despeñada contra las rocas.

En esos momentos, entendió lo que la señora
Watts había querido decir cuando había comentado
que los ópalos daban mala suerte. Sabía de dos mujeres que habían llevado aquel anillo antes que ella,
y ninguna había durado mucho en Alnburgh.

Se apresuró a salir del comedor y apagó la luz.

—El fondo fiduciario se estableció hace ahora
veintiocho años, siendo yo uno de los fideicomisa-
rios. Los otros fueron la señora Fitzroy, un compañero del ejército de Leo, el socio principal de la ase-
soría solía...

Kit empezó a distraerse. Llevaba todo el día hablando por teléfono, y toda la semana, y le dolía la cabeza, el cuello y hasta el cerebro de tanto intentar darle sentido a la situación económica y legal de Alnburgh. Y además de eso, no podía evitar pensar que le había arruinado la vida a Sophie.

Mientras el que había sido abogado de Leo continuaba hablando, Kit se dio cuenta de que la biblioteca estaba casi a oscuras. La enorme ventana daba al mar, y vio a través de ella que el cielo estaba nublado.

–Nos esforzamos mucho a la hora de redactar el documento para asegurarnos de que el equipo legal de Ralph no pudiese utilizarlo de forma contraria a los deseos de Leo...

Una semana antes, la playa había estado llena de gente, pero en esos momentos estaba casi vacía. Un perro corría por la arena y a lo lejos lo seguía una figura esbelta con un vestido de algodón verde y el pelo rojizo hondeando al viento.

Kit sintió deseo y se sintió culpable y desesperado. La amaba, pero no le había dicho la verdad. No lo había hecho por miedo a perder el control de la situación. Sophie lo obligaría a ir al médico. Y si este confirmaba sus temores, tendría que dejarla marchar.

Y todavía no estaba preparado para eso. Acababa de encontrarla. Quería que su felicidad durase lo máximo posible.

Levantó la mano con la que no estaba sujetando el teléfono y se la miró. Los pinchazos habían disminuido desde que estaban en Alnburgh, y había ocasiones en las que desaparecían por completo. Sobre todo, cuando estaba en la cama son Sophie, acariciando su cuerpo, sintiendo su piel de satén con las puntas de los dedos. Entonces, pensaba que tal vez aquello no fuese tan grave como se temía...

–¿Señor Fitzroy? ¿Sigue ahí?

–Sí. Lo siento. ¿Me puede repetir lo que ha dicho?

–He dicho que, dado que el fondo se estableció mucho antes de la muerte de Leo Fitzroy, los impuestos se van a ver muy reducidos.

–Esa es una excelente noticia –comentó Kit sin entusiasmo.

De hecho, era lo que necesitaba para saber que podría asegurar el futuro de Alnburgh, pero en esos momentos solo podía pensar en ir a buscar a Sophie y llevarla al dormitorio.

–Ha sido una cuestión de suerte. No sabíamos cuánto tiempo iba a vivir el señor Fitzroy, y fue una suerte que lo hiciese tantos años.

Kit no estaba del todo de acuerdo después de haber visto las fotografías que mostraban el deterioro de Leo.

–Gracias –dijo con brusquedad, impaciente por terminar la llamada.

El cielo estaba cada vez más oscuro y hacía mucho viento. Sophie no llevaba abrigo y se iba a empapar.

Colgó el teléfono y corrió a la puerta. Bajó las escaleras traseras de la casa, se quitó los zapatos y tomó un chubasquero que había colgado en el cuarto de las botas antes de salir por la puerta este, desde el que un camino descendía hasta la playa. Un ejército de nubes oscuras avanzó desde el sur y las primeras gotas empezaron a caer.

Kit echó a correr. Vio a Sophie a lo lejos, que se había dado la vuelta y volvía en dirección al castillo. Corrió, pero las nubes ya estaban descargando con toda su fuerza.

En cuestión de segundos, Kit estaba empapado, lo mismo que el chubasquero. No obstante, siguió corriendo. Al llegar delante de Sophie, la oyó gritar y se dio cuenta de que estaba riendo.

El corazón se le encogió. De repente, ya nada importaba: ni los problemas legales ni Alnburgh ni el dinero ni nada. Ni siquiera el futuro.

—¡Qué locura! —exclamó Sophie, abriendo los brazos y girándose hacia la lluvia.

Él la agarró por la cintura y la tomó en brazos, tenía el cuerpo caliente y suave, y el corazón acelerado.

—No merece la pena correr —continuó diciendo—. El castillo está demasiado lejos, ni siquiera tú podrías volver corriendo conmigo en brazos.

—No pienso intentarlo.

Kit le estaba dando la espalda al mar e iba subiendo por la playa. Llovía cada vez más fuerte y el agua se le metía en los ojos y le nublaba la visión. Sacudió la cabeza para poder ver un estrecho camino que subía.

—¿Adónde vamos?

–Ahora lo verás.

Estaba más empinado de lo que él recordaba y la arena se escurría debajo de sus pies, pero tenían que resguardarse de la lluvia y la idea de quitarle a Sophie la ropa mojada le dio una fuerza sobrehumana. Unos segundos después habían ascendido la duna.

La granja estaba justo delante de ellos, tal y como la recordaba.

–¡Oh, qué casa tan bonita! –exclamó Sophie–. ¿Conoces a los dueños?

–Sí.

Kit empujó la pequeña puerta de madera que daba al jardín, recorrió el camino sin soltar a Sophie y, al llegar a la puerta, marcó el código. Dio gracias por la falta de imaginación de Ralph, que había puesto como código en todas las puertas la fecha de nacimiento de Tatiana.

–Ya puedes dejarme en el suelo –murmuró Sophie, lamiéndole con la lengua una gota de agua que corría por su rostro.

–De eso nada. No pienso dejarte marchar.

La puerta se abrió y Kit atravesó el umbral con ella en brazos, con el corazón encogido por el simbolismo de aquel acto. Cerró la puerta tras de él de una patada y dejó a Sophie con cuidado en el suelo.

Ella se giró, dándole la espalda, y observó la enorme cocina.

–Me siento como Ricitos de Oro –comentó maravillada, tomando su mano y avanzando para mirar dentro de un cesto que había allí–. ¿De quién es esta casa?

–De la finca.

Sophie sacó la botella de vino y las galletas que había en la cesta.

–O sea, que es tuya, señor Fitzroy –dijo, girándose para darle un rápido beso en los labios–. ¿Puedo echarle un vistazo?

–Por supuesto.

Con los dedos entrelazados con los de él, salió de la cocina y llegó a un recibidor cuadrado en el que había una vieja escalera de madera que subía, y varias puertas. Sophie abrió una, aspiró el olor a madera quemada y vio un salón con chimenea y una enorme ventana que daba a la playa.

Con el corazón encogido, casi conteniendo la respiración, abrió otra puerta, y otra. En el piso de arriba había una habitación infantil, con una pequeña cama cubierta por una colcha azul con patitos, y una cuna. Por la ventana, a través de la lluvia, pudo ver un columpio en el jardín.

Se giró hacia Kit y abrió la boca para decirle algo, pero no fue capaz de articular palabra.

–Me temo que a partir de ahora voy a tomar el mando de la visita yo –le dijo este con voz ronca, inclinándose para darle un beso en el cuello–. Permíteme que te enseñe la habitación principal...

Cuando rompió el beso y Sophie abrió de nuevo los ojos, se encontró en una habitación grande, con una bonita chimenea y una ventana como la del salón del piso de abajo. Delante de ella había un banco.

Kit la hizo girar para bajarle la cremallera del

vestido. La lluvia golpeaba el cristal de la ventana y el deseo la estaba golpeando a ella con la misma insistencia. Lo deseaba a él.

Deseaba más.

Lo deseaba en cuerpo y alma. Deseaba su cabeza y su corazón. Para siempre.

El vestido cayó al suelo y ella se quedó allí, desnuda y temblorosa, y por primera vez, no se lanzó a quitarle la camisa.

Se quedaron mirándose unos segundos. Kit tenía los ojos entornados. Ya se le habían curado las heridas de la cara, pero las cicatrices estarían siempre ahí. En silencio, Sophie levantó una mano para acariciárselas. Él se la agarró y la apretó contra su mejilla un instante, luego, llevó a Sophie hasta la cama. Apartó la colcha y la tumbó sobre las frías sábanas.

Sophie esperó a que se quitase la camisa y lo agarró por el cinturón. Lo necesitaba más que nunca, pero era como si algo hubiese cambiado en su interior, algo que tenía que ver con aquella vieja granja. Era como si hubiese estado mucho tiempo corriendo para llegar a algún lado, y por fin estuviese allí. Ya no tenía prisa.

El cuerpo de Kit desnudo era tan bello. Contuvo la respiración mientras se tumbaba a su lado y los tapaba a ambos antes de abrazarla.

Después de la lluvia el cielo volvió a quedar azul y salió de nuevo el sol, las gotas de agua de la ventana brillaron como cristales. Como las lágrimas que había en las pestañas de Sophie. Habían hecho el amor con tal intensidad que ambos se habían quedado conmocionados.

–Me gusta esta casa –comentó en voz baja, rompiendo el silencio que había reinado después de haber llegado al orgasmo–. ¿Vienes mucho?

–Solía hacerlo de niño –le contó él muy serio–, pero la verdad es que es la primera vez que vengo de adulto. Antes era una granja de verdad y vivían aquí el señor y la señora Prior. Eran muy buenos conmigo. Probablemente porque les daba pena, debía de ser evidente para todo el mundo que, después de que Ralph se hubiese casado con Tatiana y hubiese tenido otro hijo, yo sobraba.

–¿Y qué ocurrió con ellos?

–Tatiana decidió convertir todas las casitas que había en la finca en cabañas para alquilar. Los señores Prior estaban a punto de jubilarse de todos modos, pero muchas personas perdieron las casas en las que sus familias habían vivido durante generaciones. Tatiana iba a gestionar el alquiler de todas, pero después de divertirse decorándolas se aburrió y le pasó el trabajo a una agencia.

–Ah –dijo Sophie decepcionada–. ¿Y todavía las alquilan? Tenía la esperanza de que nos pudiésemos quedar aquí.

Dicho aquello, se sentó de repente y se tapó el pecho con la colcha.

–Espera un minuto. La cesta que había en la mesa...

¿No irá a llegar alguien hoy mismo? Ahora sí que me siento como Ricitos de Oro.

Kit sonrió, no pudo evitarlo.

—Normalmente se alquila los viernes, así que no debería llegar nadie hoy. Podemos tomar lo que ha dejado la agencia y yo lo repondré mañana. ¿Abrimos el vino?

Ella dudó un instante y luego, sin mirarlo a los ojos, le dijo:

—No, pero me apetece una taza de té. ¿Cuánto cuesta alojarse aquí? Porque estoy pensando seriamente en alquilar la casa mientras pueda permitírmelo.

Capítulo 11

SOPHIE se hundió en el agua caliente y perfumada y, suspirando, cerró los ojos.

Se estaba bañando en el cuarto de baño de Tatiana porque era el más cómodo de todos, ya que lo había hecho reformar por un diseñador de interiores sin preocuparse por los gastos. Ni por el buen gusto. Incluso con los ojos cerrados, Sophie seguía cegada por el brillo de un centenar de bombillas colocadas en el mármol, por lo grifos dorados y los espejos de pared a pared.

En Alnburgh todo eran extremos. La mitad llevaba un siglo sin tocarse y la otra mitad parecía un árbol de Navidad. Sophie prefirió recordar la tarde que habían pasado en la granja.

Mientras él había bajado a preparar el té, ella había hecho la cama con unas sábanas limpias que había encontrado en un armario. Lo había oído ir y venir por la cocina y eso le había procurado una absurda satisfacción.

Al salir de allí, habían visto la playa bañada de nuevo por los rayos de sol, pero ante ellos se había cernido el castillo, como sacado de una película de terror.

Con cada paso que habían ido avanzando hacia él, había notado cómo Kit se separaba de ella. De repente, había pensado en el castillo como en un rival, mucho más sofisticado y atractivo que ella. O tal vez fuese ella la impostora. La amante que jamás conseguiría que Kit dejase a su exigente y caprichosa mujer.

Se incorporó y tomó una toalla. Pensó con tristeza que quería ser su esposa. Quería una vida normal. Una cocina que no estuviese instalada en una mazmorra, un columpio en el jardín y una cuna en el dormitorio. Y un bebé, sobre todo, un bebé...

La Estrella Oscura brilló bajo las luces del baño mientras se enrollaba la toalla y salía de la bañera y, de repente, Sophie notó un fuerte dolor en el estómago. Bajó la vista y vio que la tela azul estaba manchada de sangre.

Se le escapó un sollozo.

No habría bebé.

—Qué buena noticia, Randall.

Kit se desplomó sobre el escritorio que había en la biblioteca y cerró los ojos mientras procesaba la última información acerca del estado de Lewis.

—Sí, ¿verdad? —le contestó su amigo, contento—. Su juventud y su estado físico han sido determinantes a la hora de recuperarse, y el bebé que va a nacer dentro de unas semanas le ha dado un motivo por el que luchar. Esperemos que pueda salir del hospital antes de que nazca.

–¿Qué tal lo lleva la familia? –preguntó Kit, incorporándose y acercándose a la ventana.

–Está muy unida, lo mismo que sus vecinos y amigos, están planeando una gran fiesta para cuando vuelva a casa –le dijo Randall–. Por la que no pondría la mano en el fuego es la novia. Espero que esté con él, por lo menos, hasta que vuelva a andar, tarde lo que tarde.

–Supongo que tampoco es fácil para ella. Es solo una niña. Y no pensó que ocurriría esto cuando empezó a salir con él.

–Tal vez tengas razón –dijo el médico suspirando–. Lo siento. Salgo de un turno muy largo y estoy empezando a perder la objetividad. Bueno, ¿cómo estás tú?

Kit giró la cabeza y vio a un hombre con un detector de metales en la playa. De repente, volvió a estar de uniforme, viendo cómo sus compañeros peinaban una polvorienta carretera buscando minas.

–¿Kit?

La voz de Randall lo sacó de la pesadilla. Kit cerró los ojos con fuerza un instante.

–Lo siento. Estoy bien –dijo, estirando los dedos entumecidos de la mano izquierda–. Dile a Lewis que pasaré a verlo mañana.

–Ya sabes dónde estoy si me necesitas –se ofreció Randall.

–Lo tendré en cuenta. Gracias.

Cuando colgó, le temblaba la mano.

No quería saber, se dijo enfadado. No había necesidad.

Atravesó la habitación y fue hacia las escaleras, en busca de Sophie. De repente, tenía la sensación de que cada hora, cada segundo que pasase con ella sería precioso porque tal vez estos fuesen limitados...

La puerta del dormitorio estaba cerrada. Se detuvo fuera y apoyó la cabeza en ella un momento, respiró hondo e intentó recuperar el control de sus pensamientos. Siempre había sido un hombre racional, poco emotivo.

Ya casi no conocía a ese hombre. Al buen soldado. Al líder. Al hombre al que no le preocupaba casi nada y que tenía todavía menos que perder.

En esos momentos, tenía muchas preocupaciones. Y lo podía perder todo.

Llamó a la puerta y la abrió. Sophie estaba sentada delante del tocador, envuelta en una toalla azul clara.

Se acercó a ella, que no dejó de peinarse ni levantó la vista para mirarlo a través del espejo. A la luz del atardecer y en aquel espejo antiguo, su rostro tenía una belleza etérea que parecía situarla fuera de su alcance. Kit necesitaba estar seguro de que estaba allí, de que era suya, y levantó la mano para apartarle el pelo e inclinarse a darle un beso en el cuello.

Sophie era la única cosa que lo anclaba a la cordura, la única manera de mantener alejados a sus fantasmas. Aspiró su aroma y notó cómo desaparecía el cosquilleo de sus dedos al acariciar su piel caliente.

–¿Has llamado al hospital? –le preguntó ella.

–Ajá.

–¿Cómo está Lewis?

–Mejor.

Ella se echó hacia delante, apartándose de él.

–¿Qué significa eso? ¿Que le van a dar el alta o que su estado ya no es crítico?

Kit prefería no pensarlo.

–Algo entre las dos –le contestó mientras la rodeaba con los brazos para quitarle la toalla.

Sophie se levantó y le apartó las manos.

–Kit, para.

–¿Qué te pasa?

Ella se encogió de hombros, pero no lo miró.

–Dímelo tú.

Kit suspiró y se pasó una mano por los ojos.

–Lo siento, no lo entiendo. ¿Voy a tener que adivinar qué te está pasando por la cabeza?

–Tal vez. Al menos así sabrás cómo me siento yo –dijo ella en voz baja, con amargura.

–¿Qué quieres decir?

–Quiero decir que no puedes continuar apartándome de ti.

–Perdona que te diga, pero eres tú la que me acaba de rechazar.

–Yo no estoy hablando de sexo, Kit, sino de nuestra intimidad. De hablar –le dijo con voz temblorosa, emocionada.

Levantó la cara para mirarlo.

–Has estado llorando, Sophie, ¿qué te pasa?

Kit estaba sorprendido. Sophie nunca lloraba, salvo cuando veía una araña, o después de hacer el amor.

–Mira, si tanto odias estar aquí...

–No es eso, de verdad. Quiero decir, que no es lo que yo habría elegido, pero sería feliz hasta en una cueva siempre y cuando estuviese contigo.

–Estás conmigo.

–No, no es verdad –le dijo ella, con los ojos llenos de lágrimas, mirándolo a través del espejo–. Dormimos juntos, Kit. Tenemos sexo... mucho sexo. A veces desayunamos juntos a la mañana siguiente, pero no hablamos. No hablamos de cosas importantes.

–¿Como qué?

–Como del futuro. O del pasado. De lo que te pasó cuando estuviste en la última misión.

–No hay nada de qué hablar –le aseguró él entre dientes–. Son cosas que pasan todo el tiempo. Cosas horribles que te vuelven loco si les das demasiadas vueltas, pero no se las das, y las dejas allí y vuelves a casa, y olvidas.

–Vale, ya lo entiendo. Tú no quieres hablar conmigo, pero yo necesito hablar contigo. Cinco meses es mucho tiempo y aquí también han pasado cosas que no he tenido oportunidad de contarte.

–¿Qué cosas? –preguntó él en tono helado.

–Nada importante, pero tenemos que hablar de ello. Hice lo que me dijiste y fui al médico. Acerca de mis periodos.

–¿Y?

–Que tengo una endometriosis –le anunció, bajando la vista al cepillo que tenía en la mano–. Me advirtió que tal vez me cueste quedarme embarazada. Y me dijo que no tardase en intentarlo y...

–Sophie...

–Dejé de tomar la píldora inmediatamente.

–¿Antes de que yo volviese? –inquirió Kit–. Así que durante las dos últimas semanas...

–No estoy embarazada.

Kit se sintió horrorizado al darse cuenta de lo que podía haber ocurrido por no haber compartido sus temores con Sophie, pero, sobre todo, se sintió aliviado.

–Lo siento –le dijo, girándose hacia ella, de manera poco convincente hasta para él.

–¿De verdad? –preguntó ella, furiosa–. Porque yo juraría que te sientes aliviado. Y no te molestes en negarlo, Kit. No merece la pena. Ni siquiera me sorprende porque cada vez era más obvio que no teníamos futuro. Dime, ¿ibas a dejarme con delicadeza o ibas a ir apartándome de ti cada día un poco más, hasta que decidiese marcharme yo sola para así poder casarte con una mujer con pedigrí?

–No.

Sophie se echó a reír.

–Creo que vas a tener que esforzarte un poco más, Kit. Ahora es cuando se supone que deberías abrazarme y decirme que te has equivocado y que algún día formaremos una familia. ¿O es que no te has leído el guion?

Él hizo un esfuerzo por mirarla a los ojos. Se sintió como si acabase de tomar arsénico.

–Lo siento, pero no puedo hacer eso.

Sophie pensó que se iba a desmayar.

–Tengo que decirte algo –anunció Kit.

Ella se agarró al tocador y tomó aire. Lo había visto venir desde la mañana siguiente a la cena en Villa Luana.

–No hace falta que me des explicaciones –le contestó–. Cuando me pediste que me casase contigo, la situación era otra. Las cosas han cambiado desde entonces.

–Sí. Las cosas han cambiado, pero no tiene nada que ver con Alnburgh, sino conmigo. Yo he cambiado.

–Dios mío, Kit –dijo ella riendo–. Qué frase tan vieja.

Él no sonrió.

–Es la verdad. Ojalá no lo fuese, pero lo es. No soy la persona, el héroe, que piensas que soy.

Sophie se dio cuenta de que estaba temblando y pensó que debía vestirse, pero en esos momentos no podía hacerlo delante de Kit. De repente, era como un extraño para ella.

–Lo que le ocurrió a Lewis fue culpa mía. Solo culpa mía.

–Eso no es cierto. Seguro que fue la explosión...

–No resultó herido en la explosión –le dijo él con

exagerada paciencia–, sino antes de que estallase la bomba, por el enemigo.

–¿Y por qué dices que fue culpa tuya?

–Porque me estaba cubriendo las espaldas mientras yo desactivaba la bomba. Y no lo hice todo lo rápidamente que debía. No lo hice porque no podía sentir mis dedos, porque me temblaban las manos. Se me cayeron los alicates, y solo pude pensar en ti... –Kit se interrumpió y bajó la cabeza un instante, expiró–. Fue entonces cuando empezó el tiroteo y supe que estábamos en peligro. Lo único que podíamos hacer era salir de allí. Yo iba corriendo hacia el vehículo cuando la bomba explotó, pero a Lewis ya lo habían herido.

–Oh, Kit... –susurró Sophie, avanzando hacia él como si estuviese sonámbula–. No fue culpa tuya. Era una situación muy complicada. Lo que te pasó, podría haberle pasado a cualquiera.

Él se apartó de la ventana y se giró a mirarla.

–No lo creo.

–¿Qué quieres decir?

–Todo tuvo sentido cuando mi madre me contó lo de la enfermedad de Leo –dijo, torciendo el gesto–. Me temo que no solo me ha dejado Alnburgh como herencia, sino también otros problemas mucho mayores.

–¿Piensas que tienes lo mismo que él?

–He hablado con un amigo que es médico. Los primeros síntomas son la torpeza y la pérdida de sensibilidad de las manos. Según Juliet, hay un factor hereditario en un diez por ciento de los casos. Por eso me alegro de que no estés embarazada.

Sophie se acercó más.

–Tienes que ir al médico –le dijo, abrazándolo–. Para asegurarte.

–¿Tú crees? –preguntó él en tono irónico.

–Por supuesto. Cuanto antes lo sepamos, mejor, así podremos enfrentarnos a ello –le dijo Sophie con el corazón acelerado–. Juntos. Sea lo que sea...

–No.

–Si tengo lo mismo que tuvo mi pa...padre... –dijo, trabándose en la palabra «padre», pero con tono cada vez más frío, más duro–. No te sentenciaré a una muerte tan lenta conmigo. Tendré que dejarte marchar.

–No –contestó Sophie, sacudiendo la cabeza con incredulidad–. No puedes estar hablando en serio. No puedes terminar con lo nuestro porque...

–Sí –sentenció Kit–. Hablé con Juliet y sé lo que esa enfermedad significa. Así que no puedo casarme contigo, Sophie. Lo siento.

Ella retrocedió e intentó respirar. Se sentía aturdida y desorientada, como si acabase de bajar de un tiovivo.

–Espero que no tengas esa enfermedad porque nadie merece pasar por algo así, pero si, sin saber si le tienes o no, quieres que lo nuestro se termine...

Sintió náuseas y pensó que iba a desmayarse, pero se agarró al tocador y continuó:

–Se supone que el matrimonio es para lo bueno y para lo malo, en la salud y en la enfermedad. Se trata de enfrentarse a las cosas juntos. De confiar y compartir, así que tal vez...

Le falló otra vez la voz.

–Tal vez nunca hayamos tenido realmente una oportunidad.

Kit cerró los ojos un instante, como si aquello le hubiese dolido.

–Si es lo que piensas... No intentaré convencerte de lo contrario.

Y luego se quedaron mirándose unos segundos. Después, Kit se giró, abrió la puerta y se marchó.

Dejándose caer en la cama, Sophie escuchó cómo se alejaban sus pisadas al bajar las escaleras. En el exterior, los gritos de las gaviotas parecían risas histéricas.

Capítulo 12

KIT NO fue a la cama aquella noche.

Sophie fue vio pasar las horas oyendo el reloj de la torre y viendo cómo se iba iluminando el cielo gradualmente. Por primera vez en su vida no pudo dormir y supo lo que era para Kit sufrir insomnio.

Pero no fue capaz de entenderlo más.

En cuestión de unas horas el hombre al que amaba se había convertido en un extraño. Bueno, tal vez eso no fuese del todo cierto. Tal vez siempre hubiese sido un extraño y ella se había dejado engañar por el increíble sexo que habían tenido juntos. Se sentó con el corazón acelerado, sudorosa, y recordó su paso por el *hammam*, donde se había convencido a sí misma de que su vínculo no necesitaba de palabras.

Qué ingenua había sido.

Enterró el rostro entre las manos. Casarse le había parecido el comienzo de una gran aventura. Le había dado igual no saber casi nada del lugar al que iba a ir, solo había pensado en el viaje, en los desafíos, en los momentos de felicidad. Pero ya no tenía nada que hacer allí, solo le quedaba rendirse y volver a casa.

Apartó las sábanas y sintió dolor en el vientre al ponerse de pie. Lo quería. Al menos, demasiado para marcharse, sobre todo, teniendo en cuenta que era posible que Kit se estuviese enfrentando al mayor reto de su vida.

Se puso unos vaqueros debajo de la camisa con la que había dormido y fue hacia la puerta. Bajó las escaleras y oyó ruidos en el vestíbulo. Cruzó el pasillo lleno de retratos y lo vio dirigiéndose hacia la puerta. Iba vestido apropiadamente, no como ella, .

–¿Kit?

Él se detuvo y se giró con gesto inexpresivo.

–No quería despertarte –le dijo, levantando un bolígrafo y un trozo de papel–. Iba a dejarte una nota.

–¿Para decirme el qué? –preguntó ella con miedo.

–Que voy a ver a Lewis. Son cuatro horas de camino, así que tengo que irme temprano si quiero estar de vuelta esta noche.

–¿Vas a volver?

–Por supuesto.

Sophie se sintió aliviada al oír aquello.

–Siento lo de anoche –le dijo–. No he podido dormir dándole vueltas. Supongo que has estado muy preocupado durante las últimas semanas y siento que hayas pasado por ello solo. Pero ya no lo estás. Pase lo que pase, estamos juntos en esto.

–No, Sophie –la contradijo él–. Ya te dije anoche que no podía hacerte algo así. Eres la persona más increíble que he conocido, y no puedo condenarte a una vida así. Sería como enterrarte viva.

Sophie tomó aire.

–Pero te quiero –le dijo–. Pase lo que pase, te quiero...

Él salió por la puerta y bajó las escaleras. Abrió

la puerta del coche y dejó la chaqueta en el asiento del copiloto.

–Lo dices ahora, y estoy seguro de que lo dices de corazón, pero ¿durante cuánto tiempo, Sophie? –cerró la puerta y dio la vuelta al coche–. Si tengo lo que pienso que tengo, lo cambiaría todo entre nosotros.

–Salvo mis sentimientos por ti.

–De eso no puedes estar segura.

Sophie notó frío en los pies al salir por la puerta, aunque no era nada comparable con el frío que sentía en su interior.

–Sí puedo, pero en realidad no se trata de mí, ¿verdad?, sino de ti. No soy correspondida. O... –se interrumpió de repente–. ¿Es más que eso? ¿Es porque tu madre te abandonó? ¿Me quieres castigar a mí por lo que hizo ella, y porque Ralph dejó de quererte en cuanto supo que no eras su hijo...?

–Ya vale.

Kit se giró violentamente y le dio un puñetazo al coche. Asustada, Sophie se cubrió la cara con ambas manos y dio un grito.

Luego se hizo el silencio.

Tal vez fue el dolor lo que hizo entrar a Kit en razón, o quizás el grito de Sophie, pero el caso es que se quedó inmóvil un momento, con los brazos apoyados en el coche y la cabeza agachada. El sonido de su respiración entrecortada parecía llenar aquella agradable mañana de otoño.

Luego, haciendo un enorme esfuerzo, se incorporó y se giró de nuevo hacia Sophie, que estaba apoyada en el muro del castillo, abrazándose con fuerza, temblando. Aunque fue su rostro lo que más lo sorprendió. Tenía la misma expresión que había visto en personas que acababan de sufrir un horrible trauma. Estaba pálida y su rostro era una máscara de terror.

Kit se odió a sí mismo.

—Dios, Sophie. Lo siento —le dijo, acercándose a ella para abrazarla y reconfortarla.

—No... por favor —le dijo ella, cerrando los ojos—. Vete.

Él se quedó inmóvil un momento y luego subió al coche. Le temblaban tanto las manos que le costó poner el coche en marcha y cuando por fin lo consiguió y levantó la vista, Sophie había desaparecido dentro del castillo y había cerrado la puerta.

Condujo deprisa, con la misma tensión que durante una emboscada. Consciente de todos los pequeños detalles que lo rodeaban, pero perdiendo al mismo tiempo la noción del espacio y del tiempo.

Se detuvo solo una vez, cuando todavía estaba cerca de Alnburgh y el recuerdo del rostro de Sophie seguía claro en su mente. En ningún momento había pensado en golpearla a ella, pero el modo en que se había apartado de él y se había llevado las manos a la cara era suficiente para causarle náuseas. Salió del coche y respiró hondo antes de volver a sentarse detrás del volante. Se miró en el espejo retrovisor y vio a un extraño. Un extraño al que no quería conocer.

Siguió conduciendo a toda velocidad hasta llegar al hospital. Cuando hubo aparcado, sacó su teléfono móvil y llamó a Alnburgh. Esperó un rato sin obtener respuesta y, justo cuando iba a colgar, oyó la voz débil y entrecortada de Sophie.

—¿Dígame?

Kit cerró los ojos e intentó encontrar su propia voz, que le salió ronca.

—Sophie, soy yo.

Hubo un silencio. Se imaginó su rostro angustiado, sus labios apretados para controlar las emociones.

—¿Dónde estás?

—Acabo de llegar al hospital.

—¿Ya? Qué rapidez.

—Quería disculparme.

—No hace falta —dijo ella enseguida, con tristeza—. He sido yo la que ha reaccionado de manera exagerada. Lo siento.

—No. Por favor. No te responsabilices de mis errores. Tenías razón... —le dijo, cerrando los ojos y masajeándose las sienes, como intentando borrar de su memoria lo que había hecho.

—¿Acerca de qué?

—De lo que dijiste de mi madre, y de Ralph. No quería oírlo y perdí el control, pero jamás te pegaría, Sophie. Quiero que sepas que jamás te haría daño.

Hubo un largo silencio.

—Me has echado de tu vida, Kit. Y nada podría hacerme más daño que eso.

Sophie colgó el teléfono y retrocedió, mirándolo. Tenía los ojos secos, pero sabía que cuando se pusiese a llorar, lo haría durante mucho tiempo.

Por un momento había tenido la esperanza de que Kit le dijese que había cambiado de opinión. Que lo suyo era más fuerte que cualquier otra cosa en la vida. Que su amor era incondicional.

Pero no lo había hecho.

Se sentía culpable por haberla asustado, nada más.

Tomó la bolsa de viaje que tenía a los pies y fue hacia la puerta. Por el camino se detuvo en el comedor y encendió la luz. Los crisantemos estaban donde los había puesto el día anterior, cuando todavía había pensado que una cena bajo la luz de las velas sería suficiente para cruzar el espacio que la separaba de Kit.

Le entraron ganas de reírse de su ingenuidad.

Sin pensarlo, se acercó al retrato de la mujer del vestido rosa y La Estrella Oscura en el dedo. Levantó la mano y miró el anillo, y recordó lo que Kit le había dicho, de que se negaba a sentenciarla a una lenta muerte con él.

Se quitó el anillo y levantó la mano. El dedo le pesaba menos sin él. Estaba vacío. Lo dejó encima de la chimenea, justo debajo del retrato, y salió de la habitación.

Había llegado el momento de avanzar.

El Centro de Rehabilitación del Ejército al que habían trasladado a Lewis era un edificio nuevo y amueblado en tonos alegres. Kit siguió a una enfermera por un pasillo que olía a pintura hasta la habitación del chico. Esta llamó a la puerta y abrió la puerta sin esperar respuesta.

–Ha venido alguien a verte.

A través de la puerta abierta, Kit vio a Lewis sentado delante de la televisión, con los mandos de una consola en las manos. Se giró al oír las palabras de la enfermera, pero la expresión de esperanza de su rostro desapareció al verlo.

–Ah, es usted, señor –le dijo con hosquedad–. ¿Qué está haciendo aquí?

–Quería verte. ¿Te parece bien si me siento?

Lewis asintió sin apartar la vista de la pantalla. Kit se frotó las manos en los pantalones y lo miró.

No era ni la sombra del muchacho que le había llevado el café aquella mañana unas semanas antes. Había perdido mucho peso y, con la cabeza rapada y la cicatriz de la operación, parecía frágil. Tan frágil como un niño.

–Tienes buen aspecto –mintió Kit con impresionante calma–. Mucho mejor que la última vez que te vi. ¿Cómo te encuentras?

Lewis respondió con una sola palabra. Fue una respuesta concisa, aunque no habría sido aceptable ante un oficial. Seguía con los ojos pegados a la pantalla.

–Lo siento –le dijo Kit, comprendiéndolo–. He hablado con el doctor Randall. Dice que has progresado mucho y que has sido muy valiente.

–Sí, pero tengo que volver a ponerme en forma. Tengo que volver a ser el que era.

–¿Quieres seguir en el ejército?

–No lo sé. Todavía no lo he decidido. Si las cosas no salen bien...

–¿Cómo está Kelly? –le preguntó Kit.

–No sé. No la he visto. No le gusta esto. Dice que el hospital la deprime.

Kit juró en silencio.

–Pues eso no es muy motivador.

–Eso pensaba yo, pero ya no sé. Un amigo me ha dicho que sale con un tipo que trabaja en el gimnasio al que antes iba yo. No me extraña. Míreme –dijo, tirando el mando, levantándose–. Soy patético. Ni siquiera puedo vestirme sin ayuda. Ya no soy nada.

–Tonterías, Sapper –dijo Kit, en tono inexpresivo–. Eres un soldado que ha recibido varios balazos mientras hacías un trabajo con el que un entrenador de gimnasio se moriría de miedo.

De repente, el rostro de Lewis se descompuso y los ojos se le llenaron de lágrimas.

–Quería ser un héroe por ella –sollozó–. Solo pensaba en ella y en el bebé. Quería que estuviesen orgullosos de mí... y mire lo que ha ocurrido. Los he perdido.

Kit se puso en pie e intentó controlar sus emociones.

–No puedes verlo así. Eres un hombre afortunado. La última vez que te vi, los médicos no sabían si podrías volver a andar. Vas a ponerte bien.

–¿Y qué? ¿De qué me sirve poder volver a andar si no la tengo a ella?

Kit había abierto la boca para contestar, pero la cerró y se quedó pensativo.

–No podemos escoger todo lo que ocurre en nuestra vida. Solo podemos intentar sacar lo mejor de lo que nos toca. Encontrarás a alguien que te quiera. A alguien a quien no tengas que demostrarle nada. Solo tienes que asegurarte de no espantarla cuando por fin la encuentres.

Lewis se limpió las lágrimas de las mejillas, enfadado.

–El problema es que no quiero conocer a nadie. Solo la quiero a ella.

Kit fue hacia la puerta.

–En ese caso, no la dejes marchar –le aconsejó–. Lucha por ella.

Una vez en el pasillo, se apoyó en la pared y respiró hondo.

–¿Kit? –le dijo Randall, apoyando una mano en su hombro–. ¿Estás bien?

–La verdad es que no –confesó él–. ¿Cómo son esas pruebas por las que te pregunté por teléfono?

–No son complicadas. Podemos empezar cuando quieras.

Kit asintió.

Ya había echado a Sophie de su vida. No tenía nada más que perder.

Capítulo 13

ESTABA atardeciendo cuando Sophie llegó al polvoriento camino que llevaba al autobús de Rainbow.

Con piernas temblorosas, bajó del Range Rover que había pertenecido a Ralph Fitzroy y con el que había ido desde Alnburgh, rodeó el autobús y llamó a la puerta.

Rainbow la abrió y sonrió de oreja a oreja al verla.

–¡Eres tú! –le dijo en tono cariñoso.

–¿Sabías que iba a venir?

–En cierto modo, así es. Llevaba mucho tiempo pensando en ti –le dijo, haciéndole un gesto para que entrase–. ¿Por qué no te sientas un rato? ¿Has comido? Hilary me ha traído hace un rato un puré de zanahoria y cilantro.

–Suena delicioso –comentó Sophie, dejándose caer en el viejo sofá.

El olor de la caravana hizo que volviese a sentirse como con ocho años.

–Hacía mucho tiempo que no venía. No he sido precisamente una buena hija –añadió.

–Tonterías –contestó su madre, empezando a poner la mesa–. Has venido cuando has necesitado venir, y eso es lo que importa.

–¿No te ha dolido que no haya venido en cinco años?

–He pensado mucho en ti, si es eso a lo que te refieres –le dijo Rainbow–, pero bien. Siempre fuiste muy independiente. Y vivir así fue mi elección, no la tuya.

Sophie tomó su cuchara.

–¿Y por qué decidiste vivir así?

–Bueno, en realidad fue por casualidad, supongo, porque estaba huyendo de un matrimonio infeliz.

–Con mi padre –dijo Sophie, mientras se llevaba la cuchara a la boca–. Te pegaba, ¿verdad?

Rainbow bajó la vista a la mesa.

–Siempre me pregunté si recordarías algo de esa época.

–No.

Hasta ese día.

–¿Qué edad tenía yo cuando nos fuimos? –le preguntó a su madre.

–Tres años. Fue horrible, pero gracias a ello termine aquí. ¿Te acuerdas de Bridget? Ella nos vio en la estación, yo tenía el rostro magullado, y me trajo al campamento, donde nos recibieron estupendamente. Cambiamos de nombre y empezamos una nueva vida con ellos. Y, bueno, el resto ya lo sabes.

Sophie metió la cuchara en el cuenco vacío y asintió despacio. Hasta entonces no se había dado cuenta de la suerte que había tenido, de tener una madre que la había educado para que fuese fuerte e

independiente. Y la había querido incondicional-
mente.

–Gracias –le dijo en voz baja.

–¿Por qué? –preguntó Rainbow sorprendida.

–Por todo. Por haber sido lo suficientemente
fuerte para hacer lo que hiciste. Por haberme ani-
mado a vivir mi propia vida. Y por estar ahí siempre, incluso después de tanto tiempo.

Su madre se puso en pie y le retiró el cuenco.

–Siempre estaré aquí para ti –le dijo–. No pude
darte muchas cosas materiales de niña, pero siempre pensé que podía darte dos cosas: raíces y alas.
Siempre tendrás tu casa aquí, pero cuando quieres
a alguien, tienes que ser capaz de dejarlo marchar.

Eso le recordó tanto a Kit que a Sophie se le llenaron los ojos de lágrimas.

–¿Sí? –sollozó–, pero ¿y si esa persona no se
quiere marchar? ¿Y si quiere quedarse para enfrentarse a los problemas juntos?

–Oh, cariño –dijo Rainbow, acercándose a abrazarla–. Sabía que algo no iba bien. ¿Qué ha pasado?
Cuéntamelo.

Y mientras las lágrimas corrían por su rostro,
Sophie se lo contó.

La caja de pañuelos que Rainbow había dejado
en la mesa estaba casi vacía cuando Sophie terminó,
lo mismo que la botella de ginebra que había sacado
su madre.

–Tal vez te quiera más de lo que eres capaz de entender –le sugirió su madre después de haber oído toda la historia–. Tanto que quiere que seas feliz y libre.

–Pero ¿y si yo no quiero ser libre? ¿Y si solo quiero estar con él?

Rainbow se inclinó hacia delante y tomó sus manos.

–De eso se trata amar a alguien –le dijo con la mirada tierna y la voz firme–. No de lo que uno quiere, sino de lo que es mejor para los dos. Te quiere lo suficiente como para dejarte marchar, y lo mismo tienes que hacer tú con él. Tienes que confiar en que va a tomar la mejor decisión, y respetarla.

–Pero es tan duro –protestó Sophie, cerrando los ojos.

–Lo sé, pero ten fe. Recuerda que todo ocurre por un motivo. Si tiene que ser, será. Si te quiere, lo sabrás.

Sophie abrió los ojos y miró a su madre.

–¿Cómo?

–Eso no lo sé. Supongo que tendrás que esperar una señal –le respondió esta.

Kit estaba sentado en la sala de espera del hospital. Tomó su teléfono por enésima vez y marcó, pero siguió sin contestar nadie en Alnburgh. Sophie se había marchado de allí.

Con repentina impaciencia, colgó y marcó el número de su teléfono móvil.

–Kit, aquí estás –le dijo Randall, que parecía agotado–. Siento haberte hecho esperar. Ha sido una tarde muy larga. Ven a mi despacho para que hablemos.

Y él lo siguió por el pasillo.

Una vez dentro del despacho, Randall le preguntó:

–Dime, ¿qué sabes del trastorno causado por el estrés postraumático?

–¿El trastorno por estrés postraumático? Pues he conocido a muchos soldados que lo han sufrido, aunque no sé cómo, porque suele aparecer cuando ya están de vuelta en casa –le contestó–. Lo siento, Randall, no quiero ser grosero, pero tengo que marcharme...

–Por supuesto. Llevas mucho tiempo esperando y supongo que querrás conocer el resultado de las pruebas que te hemos hecho para marcharte.

–¿Ya tienes los resultados? –preguntó él sorprendido.

–Casi todos –dijo Randall, abriendo una carpeta.

–No quiero saberlos. Necesito encontrarla y arreglar las cosas, antes de que sea demasiado tarde.

–Ah, ya me parecía a mí que tenía que haber una mujer implicada en todo esto.

–La hay, pero no sé dónde está.

–¿Tiene teléfono móvil?

–He intentado localizarla, pero no responde.

–¿Lo tiene encendido? –le preguntó Randall–. Si es así, te sugiero que llames a los chicos de Señales. Supongo que no es una cuestión de vida o muerte, pero...

–Gracias, Randall –le dijo Kit, poniéndose recto–. Para mí, es como si lo fuese.

Capítulo 14

TU TÉ, CARIÑO.

Sophie abrió los ojos y se controló. No quería que la despertasen. No quería enfrentarse a su primer día sin Kit, y a todo lo que eso implicaba. Y no quería una taza del té de hierbas de Rainbow.

–Gracias –murmuró.

–Hace una mañana preciosa –comentó su madre–. ¿Cómo te encuentras hoy?

–Mal.

Sophie se giró y enterró el rostro en la almohada. Le dolían los ojos de tanto llorar, le dolía la espalda de las horas que había conducido el día anterior y el corazón por haberse separado del único hombre al que había amado.

–Es comprensible, pero seguro que cuando veas el día que hace, te sentirás mejor.

–Lo dudo.

–Ya verás como sí. Hace una mañana de otoño perfecta. Ha salido el sol, la hierba está húmeda...

A Sophie le entraron ganas de jurar, pero se contuvo.

–No hay ni una sola nube en el cielo –continuó su madre.

Sophie se sentó a regañadientes y apartó la cortina que había detrás de su cama.

–Y, mira, hay un coche deportivo negro y muy caro aparcado delante del autobús. Eso no es algo que se vea por aquí con frecuencia.

Sophie se quedó inmóvil, mirando el coche, luego miró a su madre.

Esta sonrió.

–Te dije que esperases una señal. Y, mira, ya está aquí.

Hacía una mañana preciosa. Rainbow tenía razón, en eso y en muchas cosas más. Salió de la caravana y se calzó las botas moradas de su madre para ir hasta el coche de Kit.

Tenía el corazón acelerado. Vio que Kit tenía el asiento reclinado y que estaba dormido.

Sintió tanto amor por él que los pulmones se le quedaron sin aire. Solo deseó abrir la puerta y besarle los párpados, la boca, y decirle que sabía que se había portado como una tonta. Pero recordó que su madre le había dicho que amar a alguien significaba hacer lo que era mejor para los dos. Así que se dio media vuelta y echó a andar de nuevo en dirección a la caravana.

Casi había llegado cuando oyó la puerta del coche detrás de ella.

–¡Sophie!

Se giró. Kit había salido del coche y avanzaba hacia ella con determinación.

–No iba a despertarte –le dijo, incómoda–. Quería, pero...

–No pretendía quedarme dormido, pero he conducido toda la noche.

Sophie frunció el ceño.

–¿Cómo has sabido que estaba aquí?

–He utilizado mis contactos –le contestó Kit suspirando–. Sé que no tengo derecho a venir aquí, y lo siento, pero tenía que hablar contigo.

–Yo también lo siento, Kit –le dijo ella–. No tenía derecho a imponerte ninguna norma, ni a darte un ultimátum. Si estás enfermo, tendrás que enfrentarte a la enfermedad a tu manera. Y yo respetaré y apoyaré la decisión que tomes.

–Me he hecho las pruebas –anunció él–. Ayer por la tarde.

–¿Y... cuál ha sido el resultado?

Kit dudó, apretó los dientes e intentó seguir hablando con naturalidad.

–Que lo peor que podría pasarme es perderte. Desde que nos separamos, solo he podido pensar en encontrarte y enfrentarme a lo que tanto me asusta.

–¿Y qué es?

Kit cerró los ojos. Tenía los puños apretados.

–Estar sin ti.

Sophie cruzó el espacio que los separaba, tomó su rostro con ambas manos y lo besó con ternura, pero también con fuerza. Kit la abrazó y le devolvió el beso. Cuando se separaron, tenía el rostro húmedo de las lágrimas de Sophie.

Ella lo miró aturdida, sin aliento.

–Toda mi vida he intentado distanciarme de quien soy y de donde vengo –susurró–, pero cuando volví aquí ayer me di cuenta de que eso no importa. Es mi pasado y ya no me avergüenza. Ahora lo que me importa es el presente y el futuro. Te quiero Kit, y no puedo evitarlo.

–No sé si tengo la enfermedad de Leo o no –le dijo él, agarrándole el rostro con ambas manos–, no he querido saberlo hasta decirte que te quiero, pase lo que pase.

Sophie lo abrazó por el cuello y le dijo:

–Estamos juntos en esto.

Cuando entraron en la caravana, Rainbow estaba sentada a la mesa, comiendo una tostada y con las cartas del tarot. Sonrió a Kit como si también hubiese estado esperándolo y le dijo:

–Hola, soy Rainbow, la madre de Sophie.

–Yo soy Kit –le dijo este, inclinándose para darle un beso en la mejilla, como si fuese lo más natural del mundo.

Rainbow se terminó apresuradamente la tostada y se levantó.

–Iba a ir a... devolverle la cacerola del puré a Hilary, así que, si me perdonáis... –dijo, tomando las cartas y dirigiéndose hacia la puerta–. Me había pedido que le echase las cartas, así que tal vez tarde un rato.

Sophie esperó a que su madre hubiese cerrado la puerta para echarse a reír.

–No es precisamente la persona más sutil del mundo. Cree que vamos a arrancarnos la ropa el uno al otro en cuanto nos deje a solas.

Kit pasó un dedo por su mejilla.

–Una idea tentadora...

Sophie sintió deseo, pero se contuvo.

–Luego –le dijo con voz ronca–. Lo primero que hay que hacer es llamar.

–De acuerdo. ¿No me invitas a un café antes?

Ella se echó a reír.

–Me temo que no. Aquí la especialidad de la casa es el té.

Kit miró a su alrededor.

–Me gusta –dijo muy despacio–. No me refiero al té, sino al autobús. Me gusta mucho.

Sophie se estiró para llegar al fondo del armario más alto.

–Supongo que es genial...

Gritó al notar las manos de Kit en su cintura y un beso en la nuca.

–Y mucho más cómodo para llevarte hasta la cama que Alnburgh –le dijo él, mordisqueándole la oreja.

Sophie se giró entre sus brazos y lo besó en los labios. Luego, se echó a reír.

–Buen intento, pero llama.

Encendió el fuego y puso el agua a calentar mientras abría un viejo frasco de café instantáneo. A sus espaldas, Kit se sentó a la mesa y marcó el número de Randall.

–Buenos días, soy Kit Fitzroy.

–Kit... Estaba pensando en ti. Supongo que la has encontrado, ¿no?

–¿Cómo lo sabes?

–Se nota en tu voz. Estás sonriendo. Mira, voy a ir directo al grano, Kit. No es la enfermedad de la neurona motora.

Sophie dejó escapar un pequeño grito al oír aquello.

–Eso está bien –dijo Kit, conteniendo la emoción, mirando a Sophie y sonriéndole–, pero ¿no irás a decirme que es algo igual de grave?

–No –le contestó Randall–, pero sí puede ser un trastorno causado por estrés postraumático. Es una enfermedad que puede tener muchos síntomas, desde dificultad para dormir, paranoia, flashbacks, ataques de ira... ¿Nada de eso te resulta familiar?

–Sí –dijo Sophie–. Eso fue lo que te ocurrió en Marruecos. Tuviste un flashback, ¿no?

–Sí –admitió él–, pero ¿y mis manos?

–La insensibilidad y la falta de coordinación pueden ser una respuesta al estrés que has vivido. Supongo que hasta ahora habías podido controlarlo, pero a partir de ahora... Bienvenido a la raza humana, comandante Fitzroy –comentó Randall riendo.

–¿Y ahora, qué?

–Viene bien hablar, no bloquear la emoción.

Kit sonrió a Sophie de medio lado y le limpió una lágrima del rostro.

–Gracias, Randall –le dijo en voz baja.

–De nada. Solo hago mi trabajo, como tú hiciste

el tuyo. Aunque estaría bien que me invitases a la boda. Me gustaría conocer a esa maravillosa chica.

–Ya estás invitado.

Kit colgó el teléfono y miró a Sophie. De repente, se sentía agotado.

–Al parecer, vas a tener que cargar conmigo durante los próximos cincuenta años por lo menos –le dijo, apartándole un mechón de la cara.

Ella cerró los ojos un instante.

–Gracias a Dios –dijo sonriendo–. Ahora, ¿nos podemos ir a la cama?

Kit negó con la cabeza, volvió a tomar el teléfono y marcó un número.

–Todavía no. Tengo que hacer otra llamada relativa a la finca.

–Kit... ¿Cómo puedes...? –protestó Sophie.

–Hola, soy Kit Fitzroy, llamo en referencia a la granja del castillo de Alnburgh.

Sophie abrió mucho los ojos.

–Ah, sí, señor Fitzroy –le contestó la mujer que había al otro lado del teléfono–. ¿Hay algún problema?

–Eso me temo. Siento comunicarle que no vamos a poder seguir alquilando la granja. A partir de este momento. Si había ya alguna reserva, el cliente recibirá una generosa recompensa.

–¿Y puedo preguntarle hasta cuándo va a estar ocupada?

–Para siempre –le contestó él.

Epílogo

ESTABAN empezando a caer los primeros copos de nieve cuando el autobús atravesó el pueblo de Alnburgh. A pesar del frío, la carretera que llevaba a la iglesia estaba llena de gente que deseaba ver a la novia, y todo el mundo se puso a aplaudir cuando el autobús se detuvo en el jardín.

Sophie notó que se le formaba un nudo en la garganta.

–Y yo que quería una boda íntima –bromeó.

Rainbow bajó del asiento del conductor, muy guapa con un abrigo largo y negro que le llegaba a los tobillos.

–¿Estás preparada?

Sophie tomó su ramo de rosas rojas.

–¿Que si estoy preparada? ¿Es una broma? Lo estoy deseando. Sé que los novios no deben verse antes de la boda, pero me siento como si llevásemos separados toda la vida. Solo quiero que termine la ceremonia para poder hablar con él.

Juliet Fitzroy se levantó de su asiento y le colocó a Sophie una sencilla corona de hojas de hiedra. Juliet era la madrina e iba vestida con un vestido largo y ajustado de seda verde oscura, sencillo y elegante.

–Tenéis el resto de vuestras vidas para hablar –le dijo sonriendo–. Disfruta de cada minuto de hoy. Es tu día.

Rainbow asintió en silencio, con los ojos azules brillantes de lágrimas.

–Y estás preciosa. Me siento tan... –dejó de hablar y se llevó la mano a la boca.

–Tu madre está orgullosa de ti, y yo también –terminó Juliet–. Mereces ser feliz, cariño.

–Gracias –dijo ella, bajando la vista a sus manos–. ¿Estás segura de que los ópalos no dan mala suerte?

–Segura –le contestó Rainbow–. Sí están asociados a una fuerte atracción sexual.

Sophie se echó a reír. Kit y ella se deseaban tanto como siempre, pero en esos momentos, después de hacer el amor también hablaban acerca de sus sueños y del futuro. De formar una familia.

Rainbow fue la primera en bajar del autobús, tendiendo la mano a su hija para ayudarla. El vestido de Sophie era estrecho y de seda, cubierto por un fino encaje salpicado de diminutos cristales.

La multitud la aplaudió y ovacionó al verla bajar.

Dentro de la iglesia, Kit se giró hacia Jasper.

–¿Qué ocurre? –le preguntó–. Las he oído llegar hace siglos. ¿No irá a arrepentirse?

–Tal vez –bromeó su hermano–. No estaba muy segura de querer casarse contigo.

Kit juró en un susurro y echó a andar.

–Voy a ver si todo va bien.

Jasper corrió tras de él y se interpuso en su camino.

–Kit, no seas idiota.

Este fue hacia un grupo de hombres uniformados.

–Lewis, ve a ver que todo va bien, por favor.

–Por supuesto –dijo el muchacho, dándole el bebé que tenía en brazos a su esposa y salió corriendo.

Un murmullo recorrió toda la iglesia.

Sophie estaba en la puerta. No llevaba velo y tenía copos de nieve en el pelo, que brillaban como pequeños diamantes sobre su corona.

A Kit se le detuvo el corazón y, en ese instante, se relajó.

Vio a Sophie, riendo y llorando, avanzando de una mano de Rainbow y otra de Juliet. Parecía fuerte, feliz y estaba tan guapa que Kit no fue el único al que se le llenaron los ojos de lágrimas.

No podía esperar. Dejó a un resignado Jasper en el altar y corrió hacia ella para abrazarla. Enterró las manos en su pelo y la besó.

El sacerdote suspiró y, levantando la vista al cielo, dijo:

–Todavía no he llegado a esa parte.

Ella sentía especial predilección por lo prohibido...

La noticia de que Veronica St. Germaine, la popular y frívola diva del mundo del corazón, se había regenerado y estaba dispuesta a convertirse en soberana de un principado del Mediterráneo había revolucionado a todos los medios de comunicación.

El cargo exigía que el guardaespaldas Rajesh Vala la protegiese a toda costa. Pero Veronica no había sido nunca muy amiga de aceptar órdenes de nadie y no le iba a poner las cosas fáciles. Él había decidido llevarla a su casa de la playa para que estuviera más segura, pero ella se sentía prisionera allí. Ambos habían comprendido desde el primer momento que la atracción mutua que había surgido entre ellos podría ser un problema...

Cautiva y prohibida

Lynn Raye Harris

La mayor fortuna
RACHEL BAILEY

Había vuelto para hacer justicia, pero los recuerdos le salieron al encuentro. Aunque el empresario JT Hartley había amasado su propia fortuna, estaba decidido a reclamar lo que le pertenecía de la herencia de su padre. Pero, primero, tenía que enfrentarse a la albacea del testamento... que resultó ser Pia Baxter, la mujer a la que nunca había olvidado.

A pesar de que el deseo los seguía acechando, JT sabía que revivir su relación con Pia solo le causaría problemas. Sin embargo, ni los planes más firmes podían resistirse al amor verdadero.

Mucho más de lo que él había esperado

¡YA EN TU PUNTO DE VENTA!

Bianca.

Era una tentación peligrosa, pero irresistible...

Para evitar que su corazón quedara hecho pedazos en manos de Darius Maynard, la empleada de hogar Chloe Benson había abandonado su amado pueblo. Al regresar a casa años después, aquellos pícaros ojos verdes y comentarios burlones todavía la enfurecían... ¡y excitaban!

Darius sintió una enorme presión al verse convertido repentinamente en heredero. Sin embargo, siempre había sido la oveja negra de la familia Maynard. Y no tenía intención de cambiar algunos de sus hábitos, como el de disfrutar de las mujeres hermosas.

HARLEQUIN Bianca.

Sara Craven
El final de la inocencia

El final de la inocencia

Sara Craven